Madeleine St John

Ein Sommer in Sydney

Roman

Aus dem Englischen von
Till R. Lohmeyer und Christel Rost

Oktopus

Die englischsprachige Originalausgabe erschien 1993
unter dem Titel *The Women in Black*
im Verlag André Deutsch Ltd., London.
Die deutschsprachige Erstausgabe erschien 1998
im Argon Verlag, Berlin.

Für den Blick hinter die Verlagskulissen:
www.oktopusverlag.ch/newsletter

Ein Oktopus Buch bei Kampa

www.oktopusverlag.ch
GPSR-Kontakt: Schöffling & Co. Verlagsbuchhandlung GmbH,
Kaiserstraße 79, D-60329 Frankfurt am Main
gpsr@kampaverlag.ch

Covergestaltung: Lara Flues, Kampa Verlag
Covermotiv: © Zoran Cardula
Satz: Tristan Walkhoefer, Leipzig
Gesetzt aus der Stempel Garamond LT / 1. Auflage 2025
Druck und Bindung: Friedrich Pustet, Regensburg
Auch als E-Book erhältlich
ISBN 978 3 311 30081 6

Dieses Buch ist dem Andenken an Monsieur & Madame J. M. Cargher gewidmet.

I

Am Ende eines heißen Novembertages legten Miss Baines und Mrs Williams von der Abteilung für Damenoberbekleidung bei Goode's ihre schwarzen Dienstuniformen ab und, bevor sie sich auf den Heimweg machten, klagten sie einander ihr Leid.

»Mr Ryder ist ja gar nicht so übel«, sagte Miss Baines und meinte damit den Abteilungsleiter.

»Nur Miss Cartright ist eine Nervensäge, entschuldigen Sie meine unverblümten Worte.« Miss Cartright war die Einkäuferin, die ihnen keine Sekunde Ruhe zu gönnen schien.

Mrs Williams zuckte die Achseln und begann, ihre Nase zu pudern. »Um diese Jahreszeit ist sie immer besonders schlimm«, erklärte sie. »Sie legt großen Wert darauf, dass wir uns unsere Weihnachtsgratifikation auch wirklich verdienen.«

»Was sollen wir denn noch tun!«, sagte Miss Baines. »Wir laufen uns ja jetzt schon die Hacken ab.«

Was durchaus stimmte: Bis zum großen Fest waren es nur noch sechs Wochen. Immer mehr Kundinnen strömten in die Abteilung, und immer schneller verschwanden die Kleider von den Stangen. Und als Mrs Williams am Abend im Waschbecken ihre Unterwäsche auswusch, beschlich sie auf einmal das Gefühl, dass mit dem Spülwasser, das gurgelnd im Abfluss verschwand, auch ihr

Leben verrann. Doch sie riss sich zusammen und machte weiter mit ihrer Hausarbeit, umgeben vom pulsierenden Dunkel der australischen Sommernacht.

Mrs Williams, Patty, und Miss Baines, Fay, waren zusammen mit Miss Jacobs für die Cocktailkleider zuständig, die gleich neben den Abendkleidern am hinteren Ende der zweiten Etage des Kaufhauses Goode's im Herzen von Sydney angesiedelt waren. F. G. Goode, ein aufgeweckter Unternehmer aus Manchester, hatte gegen Ende des vorigen Jahrhunderts das Imperium begründet: *»Damen- und Herrenbekleidung – die neueste Mode aus London«*. Er hatte es nie bereut. Von vornherein war ihm klar gewesen, dass die Menschen in der Kolonie für die Vorstellung, nach der allerneuesten Mode gekleidet zu sein, gewissermaßen den letzten Penny auszugeben bereit waren. Inzwischen waren seine Enkel Hauptaktionäre eines Konzerns, der mit dem Verkauf der neuesten Londoner – und anderer verkaufsträchtiger – Mode Jahr für Jahr mehrere Millionen australische Pfund umsetzte. Zurzeit befand sich vor allem die italienische Mode im Aufschwung. »I got it at Goode's« lautete der Werbespruch über jener unerträglich hochmütig blickenden Dame, die sich in einem schrecklich schicken neuen Kleid den verzweifelt-neidvollen Blicken einer Freundin präsentierte. Kleider und Pose mochten sich im Laufe der Jahre ändern, doch die Anzeige mit dem Werbespruch erschien unabänderlich in der unteren linken Ecke der Frauenseite des *Herald*; wahrscheinlich war der Platz für alle Ewigkeit reserviert worden. Längst war der Werbespruch in Sydney ein geflügeltes Wort. Goode's behielt seinen Vorsprung vor der Konkurrenz, weil man sich dort wirklich mit Herz und Seele der Mode hingab. Die Einkäufer wurden von der Firmenleitung zur Fortbildung in die großen Londoner oder New Yorker Kaufhäuser geschickt. Und zweimal im Jahr, wenn die neue Kollektion eintraf, machte die Belegschaft Überstunden. Die Ware wurde mit Preisschildern ausgezeichnet, die Schaufenster neu dekoriert. Dabei fielen immer wieder fachmännische Kommentare: »Dieses Modell kann ruhig neun Pfund kosten, das macht gar nichts«, verkündete Miss Cartright. »In vierzehn Tagen ist es ausverkauft, verlassen Sie sich darauf!«

Und so war es dann auch.

2

Mrs Williams war eine kleine, magere, strohblonde Frau mit verhärmtem Gesicht und einer störrischen Dauerwelle. Frank, ihr Ehemann, war ein Scheißkerl – was sonst? Er hatte Patty geheiratet, als sie gerade einundzwanzig war und er selbst ein vor Gesundheit strotzender junger Mann von sechsundzwanzig. Alle Welt fragte sich, warum die beiden bisher keinen Nachwuchs in die Welt gesetzt hatten. Immerhin waren seit der Hochzeit mittlerweile zehn Jahre ins Land gegangen, und Patty arbeitete immer noch, obwohl das gemeinsame Heim inzwischen längst möbliert, um nicht zu sagen randvoll war, und sie das Geld, das sich auf dem Sparkonto bei der *Bank of New South Wales* ansammelte, eigentlich gar nicht brauchte. Sie wusste ganz einfach nicht, was sie – außer sparen – damit hätte tun sollen. Frank gab ihr nach wie vor regelmäßig Haushaltsgeld, das sie selbstverständlich auch immer bis zum letzten Penny ausgab. Sie kaufte oft Rumpsteak, wo andere Hausfrauen sich mit Hackfleisch und Würstchen begnügt hätten. Frank mochte eben Steaks. Wenn Patty nach getaner Arbeit bei Goode's gegen sechs Uhr abends in das kleine Häuschen in Randwick zurückkehrte, holte sie das Steak aus dem Kühlschrank, bereitete das Gemüse zu und deckte den Tisch. Frank kam, meist mit leichter Schlagseite, kurz vor sieben nach Hause. »Hall-lo!«, rief er dann auf dem Weg zum Badezimmer, wusch sich laut und heftig, und wenn er danach in die Küche stampfte, brutzelte auf dem Herd bereits das Steak.

»Na, was gibt's zum Abendbrot, Patty?«, war seine Standardfrage. Worauf sie »Steak!« antwortete, und er zurückgab: »Schon wieder Steak.«

Sobald sie jedoch versuchte, ihm etwas anderes vorzusetzen, maulte Frank, selbst bei Lammkoteletts. Dann fuchtelte er mit einem Knochen hin und her und sagte: »An diesen Dingern ist doch überhaupt nichts dran!«

Mrs Williams selbst war es egal. Sie hatte schon vor Jahren ihren Appetit verloren. An den Wochenenden besuchte sie ihre Mutter oder eine ihrer Schwestern. Frank fuhr sie hin und holte sie wieder ab, und während sie »tratschte«, spielte er Golf in Kingsford oder saß im Pub herum und soff. Er war ein australischer Scheißkerl in Normalausführung – nicht grausam, nicht gewalttätig, einfach nur unsensibel und maulfaul.

Patty hatte ihrer Kinderlosigkeit wegen sogar schon einmal einen Arzt aufgesucht, und der hatte ihr versichert, dass bei ihr alles in bester Ordnung sei. »Ohne eine entsprechende Untersuchung Ihres Gatten können wir die Frage natürlich nur unzureichend beantworten. Es kann durchaus an ihm liegen, ja, das ist sogar wahrscheinlich. Vielleicht ist er unfruchtbar.«

»Möglich«, erwiderte Patty bedrückt. »Ich kann mir allerdings nicht vorstellen, dass er deswegen zum Arzt geht.« Mit Frank konnte sie nicht einmal andeutungsweise über das Thema sprechen.

»Wie oft haben Sie denn Verkehr?«, wollte der Arzt wissen.

»Na ja, nicht sehr oft. Er ist immer so müde.«

Tatsache war, dass Franks diesbezügliche Aufmerksamkeiten höchst sporadisch waren.

Der Arzt musterte seine Patientin resigniert. Eine Frau in den fruchtbarsten Jahren – und kein Baby an der Brust. Das war doch ganz und gar unnatürlich. Die Blüte der Jugend war dahin, sodass es ihr auch kaum gelingen würde, einen anderen Mann auf sich aufmerksam zu machen, der das, was hier nottat, vollbringen konnte. Nein, wenn der Ehemann nicht bald auf Zack kam, war das Leben dieser Frau vertan, vergeudet ... ein Jammer, wirklich.

»Nun denn«, sagte er, »probieren Sie's einfach weiter. Die Empfängnis ist manchmal nicht so einfach. Geben Sie ihr Chancen – so viele wie möglich. Sie haben ja noch reichlich Zeit.«

Als dieses Gespräch geführt wurde, war Patty dreißig Jahre alt. Der Arzt blickte ihr nach – eine neue Frisur, ein bisschen Farbe im Gesicht und ein schwarzes Nachthemd würden sie ganz ordentlich aufmöbeln. Aber der Ehemann würde es vermutlich gar nicht merken, dieser Trottel.

Mit dieser Annahme hatte der Arzt sicherlich recht. Frank arbeitete in der Verkaufsabteilung einer großen Dachziegelfabrik, deren verschiedenfarbige Produkte zu jener Zeit in einer verführerischen Auslage an der Parramatta Road zu besichtigen waren. Abend für Abend trank er nach der Arbeit mit seinen Kumpeln in einem Pub unweit des Railway Square, bevor er zu Patty und seinem stattlichen Rumpsteak zurückkehrte. Danach schaute er Patty beim Abwaschen zu, sah ein bisschen fern (das Fernsehen war eine Errungenschaft, die es hier erst seit Kurzem gab) und schleppte sich ins Bett: »Glaube, ich hau mich in die Koje«, worauf Patty »Okay, Liebling« sagte und ihm folgte. Im blauen Nylonnachthemd legte sie sich neben ihn und vernahm alsbald sein tiefes Schnarchen.

Das unbenutzte Kinderzimmer war primelgelb gestrichen, um gleichsam für alle Eventualitäten gerüstet zu sein. Vergeblich wartete es auf einen kleinen Bewohner, während Patty im Zustand uneingestandener und unbewusster Verzweiflung fortfuhr, bei Goode's zu arbeiten, Jahr für Jahr, bis sich vielleicht eben doch noch ein Baby ankündigen würde.

»Ich verstehe es nicht, nein, ich verstehe es wirklich nicht«, sagte ihre Mutter, Mrs Crown, nicht zu Patty, sondern zu Pattys Schwester Joy.

»Ich glaube, mit Frank ist nicht viel los«, sagte Joy ungnädig.

»Ach was«, widersprach ihre Mutter. »Er ist doch ein gutgebauter, kräftiger junger Mann.«

»Das Aussehen allein macht's auch nicht«, gab Joy zurück.

»Ich verstehe es nicht, wirklich nicht«, sagte Mrs Crown.

»Dir kann's ja auch egal sein«, sagte Joy.

Sie war jünger als Patty und hatte schon zwei Kinder. Patty war die mittlere Schwester. Dawn, die Älteste, hatte drei Sprösslinge. Mit der Fortpflanzungsfähigkeit der Crown-Töchter war offensichtlich alles in Ordnung. Patty hätte Frank nie heiraten sollen, dachte Joy bei sich. Bestimmte Sonderwünsche ließ sie sich indessen immer gern von ihrer Schwester erfüllen. Brauchte sie zum Beispiel ein schickes Partykleid, bekam sie es mit Rabatt von

Patty, die es für sich selbst bestellte, was, wenn man genau hinsah, nicht stimmen konnte, denn das Kleid war Größe achtunddreißig, während sie selbst Größe vierzig trug. Aber das war noch nie jemandem aufgefallen.

3

Vorschriftsmäßig erschienen Patty, Fay und Miss Jacobs (deren Vorname ein Geheimnis blieb) um zwanzig vor neun bei Goode's und betraten das Gebäude durch den Personaleingang. Lediglich Fay kam hin und wieder zu spät – und sah entsprechend zerzaust und ungepflegt aus. Mit dem Personalaufzug fuhren sie in die oberste Etage, gingen in die Personalgarderobe gleich hinter der Buchhaltung, holten ihre schwarze Dienstkleidung, die sie am Abend zuvor in die Schließfächer gehängt hatten, heraus und zogen sich um.

Die schwarzen Kleider wurden die ganze Woche lang getragen, am Wochenende von Goode's gereinigt und lagen zum Arbeitsantritt am Montagmorgen wieder bereit. Ein eigentümlicher Geruch haftete ihnen an. Nicht unbedingt unangenehm, aber eben doch anders – eine Mischung aus häufiger Reinigung, dem Odeur von billigem Talkumpuder und Schweißgeruch. Alle weiblichen Angestellten von Goode's rochen gleich in ihren schwarzen Arbeitskleidern.

Der Schnitt der Kleider, die vom Arbeitgeber gestellt wurden, passte sowohl zu einer fülligen als auch zu einer schlanken Figur, schmeichelte aber weder der einen noch der anderen. Die Aufgabe der Angestellten von Goode's bestand ja auch nicht darin, das Kaufhaus zu schmücken, sondern dessen Waren zu verkaufen. Also stieg jede Frau mit einem resignierten Seufzer in ihr schwarzes Gewand und zupfte es vor ihrem Spiegelbild ohne viel Hoffnung ein wenig zurecht. Die Kleider waren aus Kunstseide, und ihr Stil erinnerte an die späten dreißiger Jahre. Man hatte ihn beibehalten, weil der Schnitt gut war und der Stoffverbrauch relativ gering.

Pattys Kleid hatte, wie wir bereits wissen, Größe *large*, während Fay *medium* trug und Miss Jacobs eine perfekte Figur für *small* besaß, vor allem oben herum. Ihre Größe und ihre äußere Erscheinung waren praktisch das Einzige, was von ihr bekannt war; alles andere blieb ein Geheimnis.

»Diese Miss Jacobs«, sagte Fay zu ihrer Freundin Myra, als sie bei Repin's zusammensaßen und Eiskaffee tranken, »ist ein echtes Rätsel.«

Selbst Miss Cartright fand hie und da einen Anlass, sich über Miss Jacobs zu wundern, die bisher noch nicht einen einzigen Tag wegen Krankheit oder aus anderem Grund gefehlt hatte. Wer war sie? Wo wohnte, aß und schlief sie? Wie sah ihr Leben jenseits der Öffnungszeiten von Goode's aus? Niemand hatte die geringste Ahnung, ausgenommen die Lohnstelle. Dort kannte man wenigstens ihre Anschrift, wäre aber sicherlich nicht bereit, diese Information mit eventuellen neugierigen Fragestellern, die es ohnehin nicht gab, zu teilen. Abend für Abend verließ Miss Jacobs Goode's in dem Rock und in der Bluse, die sie bei ihrer Ankunft am Morgen getragen hatte (im Winter in Jacke oder Mantel). Sie trug eine große Umhängetasche bei sich, in der sich ein oder zwei in braunes Papier gewickelte Päckchen befanden. Aber was befand sich in diesen Päckchen? Niemand hätte es sagen können.

Sie verließ Goode's zu Fuß über die Castlereagh Street in Richtung Quay, was aber über ihr eigentliches Ziel nicht viel aussagte: Von Hunter's Hill (eher unwahrscheinlich) bis Manly (nicht auszuschließen) war alles drin.

Miss Jacobs, eine kräftige Dame älteren Jahrgangs, hatte einen dunklen Teint und dünnes, dunkelgraues Haar, das hinten auf ihrem großen, runden Kopf zu einem kleinen, altmodisch wirkenden Dutt zusammengebunden war. Sie trug eine Brille mit Stahlfassung, und im Ausschnitt steckte stets ein blütenweißes Taschentuch. Sie trug hochgeschnürte schwarze Schuhe mit breiten Absätzen und hatte einen stampfenden, wenig attraktiven Gang. Eines Abends holte Mr Ryder sie in der Pitt Street ein und versuchte sie, freundlich gestimmt, ein Stück des Weges zu begleiten. Doch Miss Jacobs bog an der nächsten Straßenecke ab – ob aus Notwendigkeit oder nicht, blieb unklar – und entfernte sich über den Martin Place, während sie etwas über Wynyard murmelte, was Mr Ryder indessen für unglaubhaft hielt. Schließlich führte ihn sein eigener Heimweg über Wynyard, und Miss Jacobs hatte er noch niemals in dieser Gegend gesehen.

Miss Jacobs arbeitete nicht nur länger als Mrs Williams bei Goode's (Letztere hatte gleich nach der Schule in der Kinderabteilung angefangen und war vor vier Jahren in die Abteilung für Damenoberbekleidung versetzt worden), sondern spielte auch eine nicht unbedeutende Rolle bei den Cocktailkleidern. Sie war dort für Änderungen zuständig, was man daran erkennen konnte, dass sie stets ein langes Maßband um den Hals trug, um allzeit bereit zu sein für Damen, die Säume oder gar Nähte geändert haben wollten. Die Verkäuferin, die eine solche Dame bediente, kam dann aus der Umkleidekabine und rief: »Miss Jacobs, Miss Jacobs bitte? Hier ist eine Änderung, wenn Sie frei sind!« Dann blickte Miss Jacobs von dem Saum, den sie gerade absteckte, auf und zischelte durch die Nadeln, die sie zwischen den Lippen hielt: »Alles zu seiner Zeit! Ich habe auch nur zwei Hände. Und zwei Beine.« Worauf die Dame, die sie gerade absteckte, voller Mitgefühl lächelte oder kicherte. Das Kleid wanderte dann in die sechste Etage, wo Näherinnen die betreffenden Änderungen vornahmen. Nach vollendeter Arbeit – es konnte ein paar Tage dauern – wurde das Kleid dann der Kundin zugestellt, mit einem jener blaugelben Lieferwagen, die so viele Goode's-Güter auslieferten (»Bitte, schicken Sie's mir doch!«) und in den besseren Wohnvierteln Sydneys vertraute Erscheinungen waren:

F. G. Goode's
Seit 1895 im Dienste Sydneys und seiner Bürger

Miss Jacobs diente den Menschen (zumindest den weiblichen) schon seit vor dem Krieg – jener längst legendären, ja sagenhaften Epoche. Sie hatte bei den Handschuhen und Wirkwaren angefangen, kurz bei den Tageskleidern hospitiert (wo man ihr beibrachte, wie man Änderungen absteckte) und war dann unten in der Abteilung für Sport- und Freizeitkleidung für Damen gelandet, wo ihr allerdings der Umgangston nicht behagte, sodass sie hocherfreut in die erste Etage zurückkehrte, als bei den Cocktailkleidern eine Stelle frei wurde. Maßband und Nadelkissen stets bereit, war sie nun also schon seit dem *New Look* dort tätig.

4

Fay Baines war mindestens neunundzwanzig, und Patty Williams fragte sich, ob sie nicht vielleicht sogar schon dreißig war. Das war allerdings nicht die einzige Frage, die sie bewegte. Denn während sie, Patty, immerhin Frank hatte, über den sie sprechen konnte, auch wenn es so gut wie nichts zu erzählen gab (»Frank war am Sonntag golfen«), und obendrein auch noch ihr Haus (»Ich glaube, ich lasse mir neue Bezüge für die Sitzgarnitur machen«), ganz zu schweigen von ihrer Mutter (»Mama hat am Freitag Geburtstag; am Samstag besuchen wir sie«) oder ihren Schwestern (»Dawn …, Joy …«), sprach Fay Baines ausschließlich über Männer.

Es war chronisch – mal dieser, mal jener. Ausgehen – mal hierhin, mal dorthin, mal überallhin, mit Tom, mit Dick, mit Harry. Und gab es auch nur das geringste Anzeichen dafür, dass einer von ihnen ernsthaft daran dachte, Fay zu heiraten? Nie im Leben! Manchmal fragte Patty sich, ob Tom, Dick und Harry (ganz zu schweigen von Bill, Bruce und Bob) überhaupt existierten. Immerhin war diese Frau schon mindestens dreißig.

Auf jeden Fall war das alles nicht so ganz koscher, wenn man genauer darüber nachdachte, denn Fay lebte allein, ganz allein, wie es aussah, in einem kleinen Apartment unweit von Bondi Junction. Es gab also niemanden, wie beispielsweise eine Mutter, die ein bisschen aufpassen und darauf hätte achten können, dass Fay nicht zu weit ging, was Patty durchaus für möglich hielt, denn schließlich war diese Frau mindestens einunddreißig, auf keinen Fall jedoch mehr in ihrer ersten Blüte, und offensichtlich hatte sie längst schon Torschlusspanik wie alle Frauen in ihrer Lage. Und die Männer nützten so etwas ja aus, denn sie wollten schließlich immer nur das eine. Es sei denn, sie hießen Frank.

Gegenüber Joy, Dawn und ihrer Mutter ließ Patty diesen Gedanken freien Lauf, wobei sie lediglich auf die Spitze gegen Frank verzichtete, und sie waren sich alle vollkommen einig. Sie saßen am Küchentisch und aßen Biskuitkuchen, während die Kinder im kleinen Garten herumtollten, sofern man das aus einer Rasenfläche, einem spindeldürren Eukalyptusbaum und einem alten, unbewohnten Kaninchenstall bestehende Rechteck hinter Mrs Crowns Haus so bezeichnen konnte.

»Sie sollte mit ein paar anderen Mädchen in einer anständigen Wohnung leben«, sagte Mrs Crown, »so wie Dawn damals, als sie noch nicht verheiratet war.«

»O ja, Mama, mit deiner leidenschaftlichen Unterstützung!«, erwiderte Dawn ein wenig hitzig. Ihrem Schritt hinaus in die Welt waren damals fürchterliche Auseinandersetzungen vorausgegangen. Als Dawn verkündet hatte, dass sie mit zwei Freundinnen eine eigene Wohnung beziehen wollte, hatte Mrs Crown ihr die übelsten Gelüste und Absichten unterstellt, obwohl es ihrer Tochter nur um etwas mehr Privatsphäre gegangen war. Mutter hatte wirklich nichts unversucht gelassen – und jetzt tat sie so, als habe es sich damals um die natürlichste Sache der Welt gehandelt. Typisch!

»Nun denn, die Zeiten ändern sich, nicht wahr?«, sagte Mrs Crown und schnitt sich noch ein Stück Kuchen ab.

»Nein«, widersprach Joy in der ihr eigenen aufreizenden Art, »die Menschen.«

»Wie dem auch sei«, mischte sich Patty ein. »Wenn Fay Baines an ihrem guten Ruf gelegen ist, sollte sie wirklich nicht allein leben. Meine ich jedenfalls. Was soll denn ein Mann von einem Mädchen denken, das so lebt wie sie?«

Vorübergehend sprach keine der vier Frauen ein Wort. Alle stellten sie sich möglichst bildhaft vor, was besagter Mann denken würde.

Fay Baines war übrigens, ohne dass wir Patty Williams zu nahe treten wollen, achtundzwanzig Jahre alt, eine vierzig mit der Tendenz zur zweiundvierzig, falls sie nicht aufpasste. Während Mrs Crown und ihre drei Töchter sich beim Kuchen in ihren schamlosen Spekulationen ergingen, saß sie in einem Sessel und weinte in ein kleines weißes Taschentuch – eines aus einer Kollektion von insgesamt vieren, die ihr, in einer flachen goldenen Pappschachtel sorgfältig zusammengefaltet, von einem Verehrer geschenkt worden war.

Wenn sie nicht gerade weinte, war Fay eine hübsche junge Frau mit gewelltem dunklen Haar und großen, unschuldigen braunen Augen. Sie liebte Kosmetika und machte reichhaltig Gebrauch davon, vor allem, wenn sie abends etwas vorhatte.

»Du siehst zum Anbeißen aus«, hatte Fred Fisher zu ihr gesagt, als er sie zum ersten Mal abholte. Als sie wieder nach Hause kamen, begann er tatsächlich, an ihr herumzuknabbern, und Fay hatte buchstäblich alle Hände voll zu tun, sich seiner zu erwehren. Worauf er sie übel beschimpfte und wutentbrannt davonstürmte. Erlebnisse dieser Art widerfuhren Fay des Öfteren. Nie, so schien es, begegnete sie einem Mann, der ihren Träumen entsprochen hätte – einem Mann, der sie ebenso respektierte und begehrte, der sie liebte und sie heiraten wollte. Irgendwie erweckte Fays Anblick bei niemandem den Gedanken an eine Ehe, und das war schlimm, denn Fay wünschte sich nichts anderes, was, alles in allem, ja auch ganz natürlich war. Die Männer dachten unterdessen an etwas ganz anderes – und zwar genau an das, was Mrs Crown und ihre Töchter argwöhnten.

Fay war ziemlich allein auf dieser Welt. Ihre Mutter, eine Kriegswitwe, war vor einigen Jahren gestorben, und ihr Bruder – verheiratet und Vater zweier Kinder – lebte in Melbourne, wo sie ihn ab und zu besuchte. Aber sie kam mit seiner Frau nicht zurecht, die sich in Fays Augen für etwas Besseres hielt, und so wurden diese Besuche immer seltener und seltener.

»Man muss viele Frösche küssen, bevor man seinen Prinzen findet«, lautete ein Spruch, den jemand auf die erste Seite ihres Poesiealbums geschrieben hatte, als sie ein junges Mädchen war. Er verfolgte sie bis heute.

Eigentlich hatte Fay ins Showgeschäft gehen wollen, doch wie sich bald herausstellte, musste sie sich als Teenager und junger Twen mit anderen Jobs zufriedengeben, als Zigarettenverkäuferin, als Kellnerin in einer Cocktailbar. Mit dreiundzwanzig hatte sie dann Mr Marlow kennengelernt, einen reichen Junggesellen mittleren Alters, der ihr zwei Jahre später fünfhundert Pfund in die Hand drückte und ihr mitteilte, dass er nach Perth ziehe und dass es wirklich eine sehr schöne Zeit mit ihr gewesen sei.

Aus reiner Trägheit war sie in ihrem Einzelapartment geblieben, obwohl es jetzt gar keinen Anlass mehr dafür gab. Den hektischen Job in der Cocktailbar mit seinen ungewöhnlichen Arbeitszeiten und üppigen Trinkgeldern gab sie auf und nahm stattdessen eine Stelle in einem Modegeschäft an der Strand Arcade an. Dort lernte sie einen Kleiderfabrikanten namens Mr Green kennen; als dieser ihr jedoch unvermittelt eröffnete, dass er heiraten werde, verließ sie ebenso unvermittelt die Strand Arcade mit all ihren Erinnerungen. Seit etwas mehr als achtzehn Monaten arbeitete sie jetzt bei Goode's.

Was ihre Kontakte zur Männerwelt betraf, so setzten sich diese seither aus einem Sammelsurium von Gesichtern aus Fays turbulenter Vergangenheit zusammen, Rendezvous aufs Geratewohl, die Myra Parker – Freundin und Ratgeberin seit Fays Nachtclubzeiten – für sie arrangierte, und Bekanntschaften, die sie auf Partys machte, zu denen sie Myra oder einer des Sammelsuriums mitzuschleppen pflegte.

Und die fünfhundert Pfund? Die lagen auf einem Sparkonto. Wenn es endlich so weit war, wollte Fay das ganze Geld für ihre Mitgift ausgeben. Manchmal aber überkam sie das heulende Elend, weil es noch so lange dauerte, bis es so weit war, und weil sie die Angst beschlich, es könne vielleicht gar nicht mehr dazu kommen. Doch irgendwann, wenn das Taschentuch vollkommen durchgeweicht war, trocknete sie ihre Augen, wusch sich das Gesicht, zündete eine Zigarette an und sagte zu sich selbst: »Man muss viele Frösche küssen, …«

Sie war ein tapferes Mädchen – wie die meisten ihrer Landsleute.

5

Die großen Eingangstüren aus Glas und Mahagoni wurden jeden Morgen exakt um fünf Minuten nach neun geöffnet. Montags bis freitags jeweils bis 17.30 Uhr (samstags bis 12.30 Uhr) gingen die Kundinnen mit ihren Wünschen und deren Erfüllungen hier ein und aus. Die meisten Damen kamen zu Fuß. Waren sie besonders gut gekleidet, tippte der livrierte Türsteher an seine Mütze oder nickte kurz; kamen sie jedoch mit dem Taxi oder gar – meine Güte! – in einem von einem Chauffeur gelenkten Automobil, so sprang er zum Bordstein und hielt der Dame die Tür auf.

Die meisten Kundinnen verweilten, bevor sie zum Lift oder zur Rolltreppe gingen, zunächst eine Zeit lang im Erdgeschoss und umkreisten die Parfümtheke, die Handschuhe, Tücher und Schals, Gürtel und Handtaschen. Manche begaben sich auch sofort zur Soft-Drink-Bar, setzten sich auf einen goldfarbenen Barhocker an der Marmortheke und tranken ein Milchmixgetränk oder ein Eiscreme-Soda, denn Sydney ist eine sehr große Stadt und die Damen hatten oft lange Anfahrtswege. Manche nahmen zu ihren Getränken auch ein Pülverchen gegen Kopfschmerzen ein, um für den Rest des Tages gerüstet zu sein.

An schulfreien Tagen sah man die Damen oft in Begleitung von ein oder zwei Kindern, um die man sie allerdings nicht beneidete. Grausige Bälger waren es, diese Kinder. Unentwegt zankten sie sich, und jeder Satz, der über ihre Lippen kam, begann mit den Worten: »Ich will …« Die meisten Kinder kamen wegen der Schuhabteilung zu Goode's, denn dort gab es ein Röntgengerät, mit dessen Hilfe man erkennen konnte, ob neue Schuhe die Fußknochen verschoben oder nicht. Das Gerät war vor allem bei Müttern aus besseren Kreisen sehr beliebt, bis man eines Tages herausfand, dass die vielen Röntgenstrahlen doch um einiges gefährlicher waren als schlecht sitzende Schuhe, so unangenehm Letztere auch sein mochten.

Benahmen sich die Kinder halbwegs anständig, wurden sie nach Erledigung der Einkäufe ins Restaurant oben im fünften Stock eingeladen. Während der Schulferien war es nicht sehr gemütlich dort, denn saßen sie erst einmal sicher am Tisch, drehten die lieben Kleinen meist richtig auf, und nur wenige Mütter besaßen den Mut, sofort wieder zum Rückzug zu blasen. Die Mahlzeiten wurden unterbrochen von Gequietsche und Gekreische, von Klapsen, überschwappenden Getränken und vom Manschen in schwabbelnden Wackelpuddings. Und die Zahl der Mütter, die über so viel *Savoir-faire* verfügten, dass sie das Trinkgeld nach dem angerichteten Chaos bemaßen, war noch geringer.

Miss Jacobs, Mrs Williams und Miss Baines blieben die schlimmsten Seiten des Lebens innerhalb der Mauern von Goode's erspart, denn nur wenige Damen kamen auf die Idee, mit ihren Sprösslingen im Schlepptau zum Kauf eines Cocktail- oder auch nur eines normalen Tageskleides zu erscheinen. Hier oben herrschte *luxe, calme et volupté,* mit hübschen rosa Lampen und rosagetönten

Spiegeln, in denen man einfach himmlisch aussah, und auf dem Boden dämpfte ein dicker grauer Teppich jeden Schritt.

Punkt neun Uhr waren die Frauen in Schwarz alle an ihren Plätzen und startklar für den bevorstehenden Sommertag, als Miss Cartright in ihrem getüpfelten Piquékleid zu ihnen hinüberhuschte und »Mädels!« rief. Oh, wie sie das verabscheuten! Es gab Gerüchte, dass sie Erzieherin in einem College gewesen war, was man sich bei ihrer Art nur allzu gut vorstellen konnte. Was war nun?

»Eine junge Dame wird nächste Woche bei Ihnen aushelfen«, sagte Miss Cartright mit strahlendem Lächeln. »Ich hoffe, Sie sorgen dafür, dass sie sich wohlfühlt. Ich weiß, in dieser Abteilung arbeiten normalerweise keine Aushilfskräfte, aber ich denke, dass die Neue sich hier nützlich machen kann. Bei Bedarf kann sie ja auch Magda zur Hand gehen.«

Oje!

Am äußersten Ende der Damenoberbekleidung, noch hinter den Cocktailkleidern, gab es etwas ganz Besonderes, etwas ganz besonders Wunderbares – nur, und das war der springende Punkt, es war nicht für alle und jede da. Dort hinten am äußersten Ende befand sich nämlich ein schöner Torbogen, über dem in geschwungenen Lettern das Wort *Modellkleider* geschrieben stand. Wer den Bogen durchschritt, betrat eine rosafarbene, von kleinen Lampen mit gekräuselten Schirmen erleuchtete Grotte, die mit einigen eleganten, kleinen Sofas in perlgrau schimmerndem Brokat möbliert war. Die Wände waren mit schicken Mahagonischränken bestückt, in denen auf pinkfarbenen Satinbügeln die jeweils aktuellen Modellkleider hingen, deren phantastische Preise durchweg in Guineen angegeben waren.

Auf einer Seite der Grotte stand ein Louis-seize-Tischchen mit dazugehörigem Stuhl. Dort konnte die Kundin Schecks oder Bestellungen unterschreiben. Zu beiden Seiten war jeweils ein großer Drehspiegel installiert, in dem sich die Kundin ausgiebig betrachten konnte, sofern sie sich tatsächlich erkühnt hatte, in einem der großen, geräumigen Umkleideräume eines der besagten Modellkleider anzuprobieren. Sie konnte vor dem Spiegel hin und her gehen, sich drehen und wenden und auf diese Weise die Wirkung des Kleides in einer durchaus angemessenen Umgebung prüfen. An der Decke hing ein Kronleuchter. Das einzige Requisit, das in dieser Szenerie noch fehlte, war eine schäumende Flasche Veuve Clicquot samt tulpenförmigem Glas; davon abgesehen war die Grotte eine naturgetreue Kopie jenes luxuriösen Ambientes, das man für das angestammte Lebensumfeld der Kundinnen hielt. Und die Pythia, die die Grotte bewachte, war Magda.

Magda, die sinnliche, anmutige, vollbusige, stets perfekt gekleidete, manikürte und frisierte Magda, war die umwerfendste, wohlduftendste, strahlendste, formidabelste und grässlichste Schlangenfrau, die Mrs Williams, Miss Baines und wahrscheinlich sogar Miss Jacobs jemals gesehen oder sich in ihren Phantasien vorgestellt hatten. Magda – niemand unternahm auch nur den Versuch, ihren schrecklich europäisch klingenden Nachnamen auszusprechen – war schlichtweg eine Tatsache, mit der man sich abfinden musste. Die Frauen gingen ihr so weit wie möglich aus dem Weg. Doch nun sollten sie eine Aushilfskraft mit Magda teilen. Sie wussten längst, wem hier der Löwenanteil zufallen würde. Schon sahen sie Magda aus ihrer rosa Grotte schlüpfen, sich zu den Cocktailkleidern hinüberschlängeln und die Neue just in dem Moment entführen, in dem diese sich erstmals als nützlich erwiesen hatte. Das war Tatsache, denn Magda verkörperte jenen Frauentyp, der immer bekam, was er wollte. Man erkannte das sofort. Und woran? Magda war eben – Gott steh uns bei! – eine Europäerin: Und waren sie nicht alle heilfroh, dass sie selbst keine waren?

Mrs Williams war es jedenfalls; sie hatte da ihre festen Überzeugungen. Meine Güte, sagte sie, ich könnte nicht so herumlaufen, unmöglich! Miss Jacobs wirkte lediglich noch etwas pikierter als sonst, ja fast ein wenig beleidigt, so als hätte sie gerade in ihrer Teetasse eine Spinne entdeckt. Fay Baines fand Magda furchterregend, sonst nichts, allein schon ihren Gang – doch daheim vor dem Spiegel grübelte sie ernsthaft darüber nach, welches Make-up Magda benutzte und wie sie es auflegte, denn die Frau war schließlich mindestens vierzig und sah – das musste man ihr lassen – einfach blendend aus. Ja, das musste man ihr lassen.

6

Als Lesley Miles, die sich bei Goode's um eine Stelle als Aushilfsverkäuferin beworben hatte, zum Vorstellungsgespräch erschien, wurde ihr zunächst ein Formular zum Ausfüllen vorgelegt. Das erste Wort, das sie eintrug, schrieb sie mit großer Sorgfalt und der gruseligen Vorahnung von Gefahr. Es lautete *Lisa*.

Lisa war der Name, den sie sich einige Jahre zuvor ausgesucht hatte. Ihr richtiger Vorname war ihr über alle Maßen zuwider, und ihr Entschluss, bei erstbester Gelegenheit einen anderen anzunehmen, stand schon seit Langem fest. Und dies war nun die erstbeste Gelegenheit.

»Lisa Miles!«, schrie eine Stimme. Lesley-Lisa sprang auf und folgte einer Frau in ein kleines Büro, in dem die Einstellungsgespräche geführt wurden.

»Nun, Lisa«, sagte die Frau – und Lesleys neues Leben als Lisa begann. Wie einfach das war! Lesley war ganz sicher, dass sie sich sofort an den neuen Namen gewöhnen würde. Sie setzte sich auf, kerzengerade, wie eine Lisa, und lächelte fröhlich. Jetzt konnte es losgehen.

Miss Cartright, die das Gespräch führte, betrachtete den Teenager, der ihr da gegenübersaß, mit durchdringendem Blick. Man musste schon aufpassen, dass man die richtigen Mädchen fand, selbst wenn es sich nur um Aushilfskräfte für das Weihnachtsgeschäft und den anschließenden Sommerschlussverkauf um Neujahr herum handelte. Diese hier war wenigstens intelligent, das lag auf der Hand. Aus dem ausgefüllten Formular ging hervor, dass sie in Kürze das Abitur machen würde. Aber was für ein Gesicht! Und was für eine Figur! Sie hatte den Körper und die Haltung einer Fünfzehnjährigen, noch ganz und gar unreif. Klein, dünn, ja geradezu mager, mit krausen blonden Haaren und hellen, unschuldigen Augen hinter einer Brille, die alles andere als modisch war. Immerhin, im schwarzen Kleid würde sie schon etwas erwachsener aussehen. Ihre eigene Garderobe war unmöglich – offenbar selbstgeschneidert, und das nicht einmal gut: ein unscheinbares bedrucktes Kattunkleid mit schlecht eingepassten Ärmeln und Bubikragen. Armes Kind.

Lisa, die ihr rosa Kleid – es war ihr bestes – aufs Gewissenhafteste gebügelt hatte und die Schuhe mit den hohen Absätzen sowie brandneue Nylonstrümpfe trug, war zuversichtlich, dass ihre äußere Erscheinung unter den gegebenen Umständen dem Zustand der »Lisahaftigkeit« so nahe wie irgend möglich kam. Sie saß da, lächelnd, voller Erwartungen und ohne die geringste Ahnung von Miss Cartrights heimlichen Gedanken.

»Und was haben Sie vor, wenn Sie die Schule hinter sich haben, Lisa?«, fragte Miss Cartright.

»Erst einmal will ich die Abschlussnoten abwarten«, erwiderte Lisa ausweichend.

»Ich nehme doch an, dass Sie keine Laufbahn im Einzelhandel anstreben, oder?«

»O nein!«, rief Lisa.

Miss Cartright lachte. »Schon gut, Lisa. Das liegt ja auch nicht jedem. Aber solange Sie hier bei uns sind, erwarten wir von Ihnen, dass Sie hart arbeiten – genauso hart, als wäre es eine Dauerstellung. Haben Sie das verstanden?«

»Aber ja doch, natürlich«, sagte Lisa eifrig. »Ich verstehe das sehr gut. Selbstverständlich werde ich hart arbeiten.«

Miss Cartright beschloss, Lisa zu den Cocktailkleidern zu schicken, obgleich sie das Gefühl hatte, das Mädchen würde nicht so recht in diese Abteilung passen. Ab und an könnte sie auch Magda bei den Modellkleidern zur Hand gehen, denn selbst wenn Lisa noch so kindlich aussah, sprachen ihre offenkundige Intelligenz und Willigkeit unter dem Strich durchaus für sie.

»Sie beginnen am ersten Montag im Dezember«, verkündete sie der Neuen. »Ihren Lohn erhalten Sie alle vierzehn Tage am Donnerstag. Und jetzt gehen wir und suchen Ihnen ein schwarzes Firmenkleid.«

Erst in diesem Augenblick fiel ihr ein, dass es äußerst unwahrscheinlich war, ein geeignetes Kostüm für dieses spindeldürre Kind zu finden. Doch sei's drum – vielleicht würde Lisa ja noch hineinwachsen, sobald erst einmal der Druck des Examens von ihr gewichen war. Lisa folgte Miss Cartright über die Feuertreppe zur Garderobe – und fand die Vorstellung, Schwarz zu tragen, so reizvoll, dass sie sich an dem um eine Nummer zu großen Kleid, welches man ihr gab, nicht im Geringsten störte. Sie hatte Größe vierunddreißig – und bisher ohnehin noch nie ein Kleid ihr Eigen genannt, das wirklich passte.

Die Einstellungsgespräche für die Hilfskräfte hatten an einem Samstagnachmittag stattgefunden, nachdem Goode's – und alle anderen Läden in der Stadt – für den Rest des Wochenendes ihre Tore geschlossen hatten. Lisa war kurz vor Ladenschluss gekommen, als die Straßen noch voller Menschen waren, die sich auf dem Heimweg befanden, ins Kino gehen oder ein Restaurant besuchen wollten. Als sie nun, eine Stunde später, durch den Personalausgang wieder auf die Straße trat, präsentierte sich die Stadt im Samstagnachmittags- oder Sonntagszustand: Sie war so still, so menschenleer, als hätte sich eine entsetzliche Katastrophe ereignet, von der niemand verschont geblieben war. War sie von einer furchtbaren Seuche heimgesucht worden oder gar vom Engel des Todes höchstselbst? Auf der Pitt Street und dem Martin Place hörte Lisa jeden ihrer Schritte. Als sie an der Hauptpost vorbeikam, sah sie eine Frau, die einen Brief in den Kasten steckte, und in der George Street sah sie weit entfernt einen Mann, der Richtung Circular Quay schlenderte. Davon abgesehen waren die Straßen so gut wie leer. Ihr Weg führte sie durch die unheimliche, düstere Bahnhofshalle der Wynyard Station, und als ihr Zug endlich kam, befanden sich außer ihr nur drei andere Reisende auf dem Bahnsteig. Nie zuvor war sie am Samstagnachmittag in der Stadt gewesen. Es war ein Erlebnis, das in ihr, die sie noch unter dem Eindruck des ersten Einstellungsgesprächs ihres Lebens stand, ein Gefühl äußerster Fremdheit auslöste und doch von einer gespenstischen Vertrautheit war. Lisa war nämlich davon überzeugt, dass höchstwahrscheinlich eine Dichterin in ihr steckte, und diese Erfahrung hier bot sich geradezu an, in Gedichtform gefasst zu werden, vorausgesetzt, es gelang, das Gefühl in Erinnerung zu behalten, diese Beklemmung, ausgelöst von einer verwandelten Welt, deren Teil man war. Noch fehlten ihr die richtigen Worte, mit denen sich diese Empfindung hätte ausdrücken lassen. Lisa, sagte sie zu sich selbst, als sie schon im Zug saß, der gerade über die große Hafenbrücke ratterte. Ich heiße Lisa Miles.

Das Gefühl der Fremdheit ließ sie immer noch nicht los, als sie an die Tür jenes Hauses in Chatswood klopfte, in dem sie mit ihren Eltern lebte. Ihre Mutter öffnete.

»Hallo, Lesley«, sagte sie.

In den Wochen zwischen den Abschlussprüfungen und ihrem ersten Arbeitstag bei Goode's machte Lisa mit ihrer Mutter einen Ausflug in die Blue Mountains, las *Zärtlich ist die Nacht* von F. Scott Fitzgerald und fing mit *Anna Karenina* an, ging zweimal ins Kino – und stand vor allem nervös und ungeduldig da, während ihre Mutter Nadeln feststeckte: Sie wollte ihrer Tochter noch ein paar neue Kleider nähen.

»Steh still!«, befahl sie. »Du willst doch nett aussehen, oder? Das ist schließlich deine erste Arbeitsstelle!«

»Ja, aber ich werde ein schwarzes Kleid tragen«, erwiderte Lisa. »In meinen eigenen Kleidern bekommen die mich doch gar nicht zu sehen.«

»Und ob! Sie sehen dich, wenn du kommst und bevor du gehst.«

»Aber da spielt es doch gar keine Rolle«, widersprach Lisa.

»Es spielt immer eine Rolle!«, sagte ihre Mutter.

»Tyger! Tyger! burning bright/In the forests of the night«, begann Lisa zu zitieren.

»Ach du und dein Tiger«, sagte ihre Mutter. »Bring mich nicht durcheinander. Und steh endlich still!«

Lisa war ein Einzelkind, was Außenstehenden als Erklärung für ihr sonderbares Wesen diente. Ihr Vater arbeitete als Schriftsetzer beim *Herald* und war nur selten zu sehen, weil er meist erst im Morgengrauen nach Hause kam, bis in den Nachmittag schlief und dann im Pub verschwand, um ein paar Bierchen zu trinken, bevor es Zeit war, wieder zur Arbeit zu gehen. Während seiner wachen Stunden am Samstag hing er am Radio, um die Reportagen von den Pferderennen zu hören, denn er trug regelmäßig sein Geld zum Buchmacher. Mrs Miles hatte nicht die geringste Ahnung von der Höhe seines Lohns, und sie wäre wie vor den Kopf geschlagen gewesen, hätte jemand sie aufgeklärt. Wäre ihr bekannt gewesen, wie groß der Anteil davon war, der in den Taschen der Buchmacher endete, so wäre sie auf der Stelle in Ohnmacht gefallen.

Sie hatte ihn, als sie ihn während des Krieges heiratete, noch kaum gekannt. Auf einer Tanzveranstaltung war sie dem gutaussehenden Soldaten begegnet, und als er sie nach kurzer Bekanntschaft fragte, ob sie nicht heiraten wollten, fand sie keinen Grund, den Antrag abzulehnen. Ihr Leben war bis dahin alles andere als leicht gewesen: Hineingeboren in einen Bäckereibetrieb, staubte ihr seit ihrem elften Lebensjahr das Mehl buchstäblich zu den Ohren hinaus, denn seit jener Zeit wurde sie, sobald sie aus der Schule kam, von ihren Eltern zur Mitarbeit angehalten. Man brachte ihr bei, wie man glasierte Kirschen auf Törtchen platziert, und weihte sie mit der Zeit auch in die schwierigeren Prozeduren des Gewerbes ein. Mit fünfzehn war ihr die Feinbäckerei schon so vertraut, dass sie kaum noch etwas dazulernen konnte. Sie verließ die Schule und stieg als Vollzeitkraft in den Familienbetrieb ein. Der Lohn war lächerlich und wurde bar ausgezahlt. Sie wohnte weiterhin zu Hause über dem Laden und wäre dem Mehlstaub wahrscheinlich nie entkommen, wenn nicht eines Tages Ed in seiner schicken Uniform in ihr Leben getreten wäre. Als er diese nicht mehr trug, gab es nicht mehr allzu viel, das zu seinen Gunsten sprach – aber so war das Leben nun einmal, oder? Dass sie nicht darunter litt, ihrem Mann keinen Sohn geschenkt zu haben, lag an ihrer Lesley: Sie war ihr Augenstern, ihr Ein und Alles.

7

Am Sonntagabend vor dem ersten Montag im Dezember hatten Magda und Stefan lange mit zwei Freunden zusammengesessen und Karten gespielt, und als Magda die schmutzigen Gläser fortgetragen, die Aschenbecher geleert, das Wohnzimmer wieder einigermaßen in Ordnung gebracht und ihr Make-up entfernt hatte, war es bereits nach zwei. Sie stand eine Minute lang am Fenster, blickte hinaus auf die Mosman Bay, seufzte und ging zu Bett.

Stefan las eine Seite Nietzsche – nach alter Gewohnheit seine letzte Tätigkeit am Abend.

»Ah, Magda, meine Liebe«, sagte er und legte das Buch schwungvoll beiseite. »Der Frauen Arbeit endet immer erst, wenn ich schon fast schlafe. Komm jetzt ins Bett!«

»Soweit ich weiß, gibt es in diesem Lande kein Gesetz«, sagte Magda, »das es Ehemännern untersagt, ihren Frauen beim Aufräumen zu helfen.«

»Soweit ich weiß, gibt es so etwas schon«, erwiderte Stefan.

»Dann wirst du wohl recht haben«, sagte Magda und schlüpfte zu ihm ins Bett. Und als sie endlich ihre Augen schloss, war es schon deutlich nach drei.

Dies hatte zur Folge, dass Magda, als sie am Morgen zur gewohnten Zeit aufstand und sich im Spiegel betrachtete, absolut grässlich aussah. Die nächste Viertelstunde verbrachte sie auf dem Sofa, die Füße hochgelegt, mit zwei großen Gurkenscheiben über ihren geschlossenen Lidern. Dann erhob sie sich mit einem schweren Seufzer, aß etwas Joghurt und machte sich fertig für die Arbeit.

Dass Magda als Hüterin der Modellkleider die übliche schwarze Firmenkleidung trug, wird gewiss niemand annehmen; nein, in diesem Punkt (wie auch in einigen anderen) hatte man sich auf einen Kompromiss geeinigt. Magda hatte zwar zugestimmt, Schwarz zu tragen, allerdings zu ihren eigenen Bedingungen. Sie hatte sich eine Kollektion geeigneter schwarzer Kleider und Kostüme zugelegt, deren Strenge durch allerlei diskrete Ergänzungen in Weiß – Kragen, Manschetten, manchmal auch beides – und, bei einem Kostüm, sogar in Rosa ein wenig gemildert, um nicht zu sagen vorteilhaft zur Geltung gebracht wurde. Magda hatte all diese Kleider mit üppigem Kollegenrabatt und einer zusätzlichen Subvention durch die Vereinbarung mit Goode's in kleinen, teuren Läden eingekauft, bei denen sie Stammkundin war.

»Als ich *Vendeuse* bei Patou war«, hatte sie einfließen lassen, »trug ich selbstverständlich nur Patou.«

Eine faustdicke Schwindelei – Magda war nie Verkäuferin bei Patou gewesen, aber sie hätte es natürlich gewesen sein können. Die Story war jedenfalls nicht nur gut, sondern auch nützlich gewesen und hatte wie alles andere, was Magda zu sagen hatte, dazu beigetragen, dass man sie einstellte und ihr die Modellkleider anvertraute.

»Diese Leute«, pflegte Magda des Öfteren zu ihren europäischen Freunden zu sagen, »haben ja alle keine Ahnung.«

Magda fuhr also nicht hinauf in die Personalgarderobe, um sich umzuziehen, sondern um ihre Handtasche im Schließfach zu verstauen und sich selbst noch etwas zurechtzumachen. Die weniger glanzvollen Kolleginnen nahmen, wenn Magda an ihnen vorüberging, einen Hauch von Mitsouko wahr. Sie puderte sich die Nase, ohne sich von den höhnischen Blicken der Umstehenden auch nur im Geringsten beeindrucken zu lassen. Dann drehte sie sich um und schenkte den anderen ein bezauberndes Lächeln.

»Ein herrlicher Tag heute, nicht wahr? Ich habe die Herfahrt regelrecht genossen. Welch ein Glück für uns alle, dass wir auf einem so wunderschönen Fleckchen Erde leben dürfen!«

Mit diesen Worten wandte sie sich zum Gehen und verließ, vorbei an konsternierten Gesichtern, denen eine Mischung aus Verblüffung und Verachtung die Sprache genommen hatte, den Raum.

»Es ist doch nicht zu fassen!«, sagte Patty Williams als Erste und verlieh damit den Gedanken aller Anwesenden Ausdruck.

Genau in diesem Augenblick hatte Lisa ihren Auftritt. Sie stand zaudernd in der Tür, zart und zerbrechlich wie eine Elfe, mit Faltenrock und einer Bluse, die einmal zu einer Schuluniform gehört haben mochte. Patty Williams beäugte sie kritisch und wandte sich an Fay Baines: »Schau mal an, was sich hier verirrt hat.« Sie fuhr Lisa an: »Suchst du jemanden? Oder hast du dich verlaufen? Hier hat nur das Personal Zutritt.«

»Das bin ich doch«, sagte Lisa. »Personal, meine ich. Ich bin eine Aushilfskraft.«

»Ach, du meine Güte«, raunte Patty Fay zu und fragte Lisa: »Hast du eine Schließfachnummer?«

Lisa nannte ihr die Nummer, die man ihr in der Personalabteilung gerade mitgeteilt hatte.

Patty starrte sie an: »Oh, das ist gleich hier«, sagte sie und an Fay gewandt: »Das muss unsere Neue sein. Jetzt bin ich im Bilde.«

Streng und mit gehobener Stimme wandte sie sich an Lisa: »Dann komm und zieh dich mal um. Wird Zeit, dass wir hinunterkommen. Gebummelt wird bei uns nicht, merk dir das.«

Es war wunderbar, wie bestimmt Patty auftreten konnte, wenn sie keine Widerworte zu befürchten hatte. In der folgenden Woche sorgte sie nach Kräften dafür, dass Lisa während ihrer Arbeitszeit keine ruhige Minute hatte.

Eigentlich war Miss Jacobs die Dienstälteste, und daher wäre es ihr Vorrecht gewesen, Lisa herumzuscheuchen oder zumindest dafür zu sorgen, dass sie die Arbeit rasch begriff und lernte, sich nützlich zu machen. Doch da Weihnachten und der Jahreswechsel mit all den dazugehörigen Partys vor der Tür standen und die Cocktailkleider schneller, als man schauen konnte, von den Kleiderständern gerissen wurden und in den Umkleidekabinen verschwanden, hatte Miss Jacobs mehr als genug mit dem Abstecken von Änderungswünschen zu tun. So bot sich Pattys Machtgelüsten freies Feld – und sie lebte sich ausgezeichnet in diese Rolle ein.

»Gerade mit der Schule fertig, Lisa, stimmt's?«, fragte sie. »Mittlere Reife, oder? Hast du bestanden?«

»Ich habe gerade das Abitur gemacht«, sagte Lisa.

»Aha.« Patty war beunruhigt, ja geradezu entsetzt. »Das Abitur! Ich hatte dich, äh, ich meine Sie für fünfzehn gehalten oder so. Das Abitur!«

Ungläubig, ja ängstlich starrte sie das Wunderkind an.

»Dann wollen Sie also Lehrerin werden, ja?«

»Nein, nein, ich denke nicht«, antwortete Lisa, die sich zu einer wahrheitsgemäßen Auskunft verpflichtet fühlte. »Ich möchte Dichterin werden, glaube ich …«

Ihre Stimme stockte, blieb im Ungewissen, als sie die furchtbaren Folgen ihrer Offenheit bemerkte.

»Dichterin!«, rief Patty aus. »Herr im Himmel! Dichterin!« Sie wandte sich an Fay, die nach einem erfolgreichen Verkauf gerade einen Kassenzettel aufspießte. »Haben Sie das gehört, Fay? Lisa möchte Dichterin werden.« Sie lächelte böse.

»Nein«, verbesserte sich das verwirrte Mädchen, »ich meine, ich möchte versuchen, Dichterin zu werden.« Und in dem Bemühen, Pattys Schreck zu lindern, fügte sie hinzu: »Oder Schauspielerin!«

»Schauspielerin!«, rief Patty. »Schauspielerin!«

Und Lisa erkannte sofort, dass sie alles nur noch schlimmer gemacht hatte und plötzlich zum Objekt unverhohlenen Spotts geworden war. Ihre äußere Erscheinung – mager und kindhaft, in schwarzer Dienstkleidung, auf der Nase das Kassengestell – wich derart vom herkömmlichen Schauspielerinnenbild der beiden Frauen ab, dass sie laut lachen mussten. Hilflos stand Lisa vor ihnen und errötete. Es hätte nicht viel gefehlt, und sie wäre in Tränen ausgebrochen.

Fay fasste sich als Erste; immerhin erinnerte sie sich noch an ihren eigenen Versuch, auf der Bühne Karriere zu machen, und bei dieser Erinnerung blieb ihr das Lachen im Halse stecken. »Es ist nicht einfach, beim Theater anzukommen«, sagte sie freundlich. »Man muss dort wen kennen. Kennen Sie jemanden?«

»Nein«, sagte Lisa mit leiser Stimme, doch dann kam ihr unvermittelt ein genialer Einfall. »Noch nicht«, fügte sie hinzu.

Miss Jacobs hatte, ohne sich etwas anmerken zu lassen, das Gespräch mit Interesse verfolgt. Sie stand ein paar Meter abseits der Gruppe und füllte gerade ein Änderungsformular aus. Jetzt drehte sie sich um. »Das hat schon seine Richtigkeit«, sagte sie. »Unsere neue Kollegin ist noch blutjung. Bisher kennt sie noch niemanden. Sie ist ja noch ein ganz schmächtiges kleines Mädchen.«

Miss Jacobs kehrte dem verblüfften Schweigen, das ihre Bemerkung ausgelöst hatte, den Rücken und ging gemessenen Schrittes auf eine Garderobenstange mit Cocktailkleidern zu, die der Größe nach geordnet sein sollten.

»Ich glaube, da ist ein wenig Unordnung hineingekommen«, sagte sie und wandte sich wieder an Lisa. »Würden Sie diese Kleider einmal durchsehen und wieder in die richtige Reihenfolge bringen, Lisa? Ja, so ist es brav, mein Kind …«

Lisa studierte die Größen auf den Etiketten der betreffenden Cocktailkleider – 36, 38, 40, 42, 44 –, hängte nach Bedarf um und nahm wieder Zuflucht zu ihrem ständigen Begleiter in Zeiten der Prüfung. *»Tyger! Tyger! burning bright / In the forests of the night«*, rezitierte sie lautlos vor sich hin.

Sie war gerade bei *»what dread feet?«*, als eine Kundin, die Lisa bis dahin gar nicht wahrgenommen hatte, sie unterbrach. Sie hielt ein Kleid in Schwarz und Magenta hoch und fragte: »Haben Sie dieses hier auch in Größe zweiundvierzig? Ich kann hier nur dieses in achtunddreißig finden.«

»Einen Augenblick«, antwortete Lisa. »Ich erkundige mich im Lager.« Und sie fügte hinzu, was Patty ihr für solche Fälle beigebracht hatte: »Entschuldigen Sie bitte die kleine Verzögerung.« *Did he who made the Lamb make thee?*

Der Tiger war schon zu Zeiten, als sie noch Lesley war, in Lisas Leben getreten, genauer gesagt vor drei Jahren, als sie in die Klasse kam, an deren Ende die Prüfung zur Mittleren Reife stand. Von schwächlicher Konstitution, offensichtlich einsam und von den Leistungen her nur Durchschnitt, saß sie damals an einem der hinteren Tische und drückte sich während der Pausen an den Wänden und in den Ecken herum. Ihre einzigen Freundinnen waren zwei ähnliche Außenseiterinnen wie sie. Die eine war extrem übergewichtig, die andere litt an einem Hautausschlag – Mädchen, für die eigentlich alles bereits gelaufen war. Mädchen, die irgendwie schlecht und recht ihren Weg durch das Labyrinth finden mussten.

Wie die Dicke und die mit dem Ausschlag sich durchschlugen, ist nicht bekannt. Lisa indessen entdeckte ihren Ariadnefaden auf den Seiten einer Gedichtanthologie, die ihr eines Tages in der Schulbibliothek in die Hände fiel – und das im wahrsten Sinne des Wortes: Das Buch fiel vom Regal, als sie ein ganz anderes suchte. Und da es beim Fallen aufklappte, blieb Lisas Blick unwillkürlich an dem Wort *tyger* hängen, das auf der rechten Seite stand. Nach diesem eher zufälligen Ereignis kam der Rest ebenso simpel wie unvermeidlich, denn keine einigermaßen aufgeweckte Vierzehnjährige, die das Wort »Tiger« auf so geheimnisvolle, verlockende Art mit einem y geschrieben sieht, wird sich damit zufriedengeben. Lisa forschte nach – und dabei öffnete sich vor ihren Füßen der Abgrund der Poesie. Nach kurzer Zeit konnte sie das Gedicht auswendig, und während der folgenden Wochen grübelte sie über seine Bedeutung und sogar seine Deutung nach. Als die Schülerinnen ein paar Monate später die Aufgabe bekamen, sich ein beliebiges Gedicht in englischer Sprache auszusuchen und darüber einen Aufsatz zu schreiben, konnte Lisa über Blakes kleines Meisterstück eine ganze Menge sagen und tat es auch ausführlich.

Ihre Englischlehrerin forderte sie daraufhin auf, sich doch lieber ein paar Bänke weiter vorzusetzen; vielleicht, so dachte sie, sind die Augen des Mädchens so schlecht, dass es die Tafel nicht richtig sehen kann. Also rückte Lisa in die zweite Reihe vor und machte so weiter, wie sie begonnen hatte, denn Miss Phipps hatte inzwischen Blut geleckt.

»Eine glatte Einser-Kandidatin, definitiv«, hatte sie im Lehrerzimmer verkündet. »Ich hatte keine Ahnung, was in ihr steckt. Absolute Spitzenklasse.«

Da das Hauptziel aller Lehrer an Lisas Schule darin bestand, im Abitur so viele Spitzenergebnisse wie möglich zu produzieren, war Lisa fortan – ohne dass sie es je geahnt hätte – ein auserwähltes Kind. Und wie es nun einmal so ist, profitierten ihre Leistungen ganz allgemein von der zusätzlichen Aufmerksamkeit und Förderung, die Lisa jetzt erstmals in ihrem Leben zuteilwurden, auch in den anderen Fächern. Im letzten Schuljahr war sie ins respektable obere Drittel der guten bis sehr guten Schülerinnen aufgerückt, bei denen sich abzeichnete, dass sie zwar keine spektakulären, aber doch sehr solide Abschlussnoten und mit großer Wahrscheinlichkeit auch ein staatliches Studienstipendium erhalten würden.

Das Ausfüllen des Stipendienantrags barg dagegen seine Tücken. »Na, ich weiß nicht, Lesley«, sagte ihre Mutter. »Ich weiß nicht so recht, ob du die Universität besuchen solltest. Warten wir mal ab, was dein Vater davon hält. Er muss ja ohnehin unterschreiben.«

Eines Abends – er machte sich gerade fertig, um zum *Sydney Morning Herald* zu gehen – gelang es ihnen, den Vater zu stellen. »Niemals wird meine Tochter auch nur in die Nähe dieses Sündenpfuhls kommen«, sagte er. »Und das ist mein letztes Wort.«

Gegen Ende der folgenden Woche hatte er sich zur Unterzeichnung des Antrags breitschlagen lassen – wobei er allerdings davon ausging, dass seine Tochter in dem extrem unwahrscheinlichen Fall, dass sie tatsächlich zu den Auserwählten gehörte, das Stipendium selbstverständlich nicht annehmen würde. »Es geht ja im Grunde nur um die Schule«, beruhigte ihn Mrs Miles. »Die Lehrer wollen, dass sie diesen Antrag stellt. Es ist gut für den Ruf der Schule.«

Worauf E. Miles, Schriftsetzer, erwiderte: »Ich war von Anfang an dagegen, dass sie auf diese Schule geht. Eine Bande von eingebildeten Schnöseln.«

Ihm passte es nicht, dass die betreffende Lehranstalt, eine staatliche Oberschule, nur Kinder mit einer bestimmten Mindestintelligenz aufnahm. So blieb Mrs Miles' stille Genugtuung über die Aufnahme ihrer damals elfjährigen

Lesley in diesen Kreis eine der vielen elterlichen Freuden, die sie nicht mit ihrem Mann teilen konnte. Fünf Jahre waren seither vergangen – mit vielen Abenden, an denen Lesley bei Lampenlicht am Küchentisch ihre immer umfangreicheren Hausaufgaben erledigte, während ihre Mutter im Korbsessel dabeisaß, strickte, nähte oder *The Women's Weekly* las und innerlich vor Stolz glühte. Ihre Tochter – eine Akademikerin!

8

Am Ende ihrer ersten Woche als Aushilfskraft bei Goode's wirkte Lisa nach außen hin zerbrechlicher denn je, und ihr schwarzes Dienstkleid schien ihr auf einmal eher zwei Konfektionsgrößen zu groß zu sein als nur eine. Mein Gott, dachte Miss Cartright, als sie an den Cocktailkleidern vorbeikam, dieses Kind sieht ja ganz verhungert aus, was macht das für einen Eindruck.

»Hatten Sie denn heute noch keine Mittagspause?«

»O doch, danke«, antwortete das Kind.

»Dann nehmen Sie doch bitte auch was Vernünftiges zu sich«, sagte Miss Cartright streng. »Sie müssen gut essen, wenn Sie hier durchhalten wollen. Darum wird die Betriebskantine von uns ja auch subventioniert. Sehen Sie also zu, dass Sie mittags immer etwas Ordentliches in den Magen bekommen.«

»Lesley«, sagte ihre Mutter, »ich möchte, dass du so wenig von diesem Kantinenessen isst wie irgend möglich. Ich bin sicher, dass es nicht gut für dich ist. Kein Mensch weiß, wo es herkommt und wer es zubereitet. Und frisch kann es ja gar nicht sein. Ich mache dir ein paar gute Brote zum Mitnehmen.«

Ihre Tochter fügte sich widerspruchslos. Obwohl ihr die bunten Salate und die zitternden Wackelpuddings mit ihren winzigen Schlagsahnerosetten gut gefielen, stimmten die Kantine selbst und deren Benutzer sie melancholisch, und dies durchaus nicht im poetischen Sinne. Ihre Mittagspause sah daher nach einer Woche so aus: Zuerst rannte sie die Feuertreppe hoch in die Personalgarderobe mit den Schließfächern, zog rasch ihre eigenen Kleider an und ergriff ihre Brote und ihr Buch. Über die gleiche Treppe ging es dann hinunter auf die Straße. Sie eilte die Market Street hinauf und überquerte, sobald Autos, Taxis und Straßenbahnen es zuließen, die Elizabeth Street, um sich in den nächsten fünfundvierzig Minuten vom liebevollen Grün des Hyde Parks umfangen zu lassen.

Eine grauenhafte, unbarmherzige Hitzewelle lag über dem Land. Lisa fand schnell heraus, dass sie, wenn sie ihren Sitzplatz auf dem Rand des Archibald-Brunnens je nach der Richtung, aus der der Wind kam, wählte, in den Genuss eines kühlen Sprühnebels kam. Und wenn sie dann da saß, den Magen gefüllt mit den herzhaften, von der lieben Mutter geschmierten Wurst- und Käsebroten, und den Kopf voller Seelenqualen, hervorgerufen durch die Geschichte der Anna Karenina, deren Ende sie inzwischen schon recht nahe gekommen war, dann steigerte sie sich allmählich in einen Zustand staunender Glückseligkeit, der zu einem guten Teil durch das Gefühl, endlich auf eigenen Füßen zu stehen, verursacht wurde: die köstliche Erfahrung glücklichen Alleinseins.

Es geschah am Freitag jener ersten Woche, als Lisa auf dem Brunnenrand saß, bereits etwas durchnässt vom Sprühschleier der Fontäne, und ihr nur noch ein paar Minuten Zeit verblieben, bis sie zurückeilen und sich wieder in Schale, also in ihre schwarze Dienstkleidung, werfen musste: Genau in diesem Augenblick kam Magda vorbei, und nachdem sie das Mädchen zuvor schon mehrfach vom Eingang ihrer Modellkleidergrotte aus beobachtet hatte, begrüßte sie Lisa jetzt.

»Oh, Lisa, nicht wahr? Mein Name ist Magda. Sie haben mich sicher schon bei Goode's gesehen, wo ich die Abteilung für Modellkleider leite – und wohin wir beide, denke ich« – bei diesen Worten konsultierte Magda eine mit Diamanten besetzte Uhr – »sofort zurückkehren müssen.«

»O ja, ich ... ich danke Ihnen«, stammelte Lisa verwirrt.

Als sie aufstand, ihr Buch an sich nahm und ihren Abfall zusammensuchte, musterte Magda sie mit kritischem Blick. Was für ein mickriges, halbfertiges Geschöpf man ihr da als Hilfskraft unterjubeln wollte ... Als ob sie überhaupt Hilfe bräuchte! Doch, wenn man's genau betrachtete gab es da doch die eine oder andere lästige Kleinigkeit, die man sich abnehmen lassen konnte, und ganz abgesehen davon: Wenn ich Lisa mal eine Zeit lang von den Cocktailkleidern entführe, ärgere ich diese boshaften Weiber, die sie momentan unter ihrer Fuchtel haben ... Ja, ich werde sie mir holen, und zwar bald.

»Die gute Miss Cartright – sie ist ja eine so elegante Frau, finden Sie nicht auch? Sie hat Stil, wirklich, ganz im Gegensatz zu vielen anderen Frauen um mich herum.« Und bei diesen Worten warf Magda einen Blick in die Runde, der alle Menschen innerhalb eines Radius von hundert Metern umfasste. Dann seufzte sie resigniert. »Miss Cartright hat mich wissen lassen, dass ich in den kommenden Wochen bei der Bewältigung meines Weihnachtsgeschäfts auf Ihre zweifellos hervorragenden Dienste zählen darf. Ist das richtig?«

»Doch, ja«, bestätigte Lisa, »sie hat mir schon gesagt, dass ich manchmal auch Ihnen helfen soll.«

»Gut, darum werden wir uns nächste Woche kümmern«, erwiderte Magda beruhigend. »Aber – warum ist Ihr Rücken so feucht? Haben Sie geschwitzt?«

»O nein!«, entgegnete Lisa. »Ich saß doch die ganze Zeit auf dem Brunnenrand, das kommt vom Sprühwasser.«

»Sie törichtes Mädchen!«, rief Magda aus. »Wissen Sie denn nicht, wie gefährlich es ist, bei dieser Hitze neben einem feuchten Brunnen zu sitzen? Mein Gott, Sie holen sich noch eine furchtbare Grippe, wenn Sie so weitermachen. Außerdem sind feuchte Kleider höchst unelegant. Bitte tun Sie das nie wieder. Die Feuchtigkeit ist auch schlecht für Ihr Haar.« Ihr kritischer Blick traf Lisas Frisur, und sie dachte bei sich: Ob ich sie wohl dazu überreden kann, zu Raoul zu gehen? Er ist der einzige Mensch in der ganzen Stadt, wenn nicht sogar im ganzen Land, der aus solchen Haaren was machen kann. Ach, diese Leute hier haben doch alle *keine* Ahnung. Und dieses Kind hier noch viel weniger.

Sie hatten den Personaleingang erreicht, und Lisa rannte die Feuertreppe hoch, um sich umzuziehen. Magda sah ihr nach und trat selber den Weg nach oben an, langsamer natürlich, und es war ja auch nicht so weit. Sie war nicht unzufrieden mit sich selbst. Sie hatte in Gedanken ausgerechnet, dass sie und Stefan, wenn sie weiterhin so viel Geld zurücklegen konnten wie bisher, Ende des nächsten Jahres genug Ersparnisse haben würden, um sich in der Macleay Street oder gar in Double Bay einen eigenen Laden anzumieten. Magda war nämlich fest entschlossen, ihre eigene Boutique für hochexklusive und maßlos teure Kleider zu leiten. Und dann konnte die Modellkleider bei Goode's der Teufel holen.

9

Es war der zweite Montag im Dezember. Patty Williams und Fay Baines saßen in der Betriebskantine bei Tisch. Normalerweise hatten sie nicht gemeinsam Mittagspause, doch nachdem nun Lisa ihre Reihen verstärkte, ließ es sich durchaus vereinbaren, zumal während der Mittagsstunden meist nicht allzu viel los war bei den Cocktailkleidern. Die Kundinnen kauften Cocktailkleider vorzugsweise früher am Tag oder wesentlich später, und dann meist in großer Eile. So saßen Fay und Patty also gemeinsam am Mittagstisch. Wobei es für jeden Beobachter unverkennbar gewesen wäre, dass Patty sich in ihrer Haut wesentlich wohler fühlte als Fay, denn deren Make-up übertünchte an diesem Tag nur unzureichend eine äußerst triste Realität: Ihre Lider deuteten auf Schlafmangel hin und ihre Blässe auf eine tiefe Niedergeschlagenheit.

»Probieren Sie gerade ein neues Gesichtspuder aus?«, fragte Patty. »Es wirkt blasser als Ihr Gewohntes. Ich bleibe immer bei der gleichen Marke, hab' sie seit meiner Schulzeit nicht gewechselt.« In einem Ton, der Schlimmeres befürchten ließ, fügte sie hinzu: »Ich glaube, Frank würde es nicht einmal merken.« Und dann kam es auch schon: »Ich könnte mir mein Gesicht grün anmalen, und er würde es nicht merken. Na ja …«

Sie schürzte die Lippen, weil ihr in diesem Moment einfiel, dass sie Fay gegenüber diese Dinge besser nicht erwähnte. »Das Problem mit Frank liegt darin«, fuhr sie, etwas heiterer, fort, »dass er mit seinem neuen Boss nicht zurechtkommt. Er sagt, der Mann ist zu sehr von sich selbst eingenommen.«

Genau das war der kritische Punkt – und er war in der Tat so kritisch, dass Frank ihn sich während seines Steaks am vergangenen Freitagabend, nach der ersten Arbeitswoche unter dem neuen Regiment der Dachziegelfabrik, mit nicht weniger als drei ganzen Sätzen von der Seele geredet hatte: »Der neue Boss ist ein schmieriger Scheißkerl«, hatte Frank gesagt. »Bildet sich ein, dass der Laden ihm gehört. Hält sich für sonst wen.«

Aber da war noch etwas anderes, Konkreteres, was Frank an dem neuen Oberhaupt seiner Firma aufregte und was er Patty gegenüber mit keinem Wort erwähnte, vielleicht deshalb, weil er es sich selbst auch nicht eingestand: Es war etwas, das Frank anfangs nur irritierte, wenig später aber schon zur Weißglut brachte, ohne dass er jedoch imstande gewesen wäre, sich voll und ganz dem Problem zu stellen. Der neue Chef hatte nämlich ein großformatiges gerahmtes Foto seiner beiden Söhne auf seinen Schreibtisch bei Wonda Tiles gestellt! Zwei grässliche kleine Kerlchen, jedenfalls in Franks Augen, so um die acht und zehn Jahre alt. Bei der erstbesten Gelegenheit hatte der Mann das Bild seinen Untergebenen präsentiert. »Das sind meine beiden Söhne«, hatte er gesagt und dabei breit gegrinst, schier platzend vor lauter einfältigem Vaterstolz. »Kevin und Brian.«

»Mmmh, ja, sehr nett«, hatten Franks Kollegen bemerkt und er selbst sich ein »Ach ja?« abgerungen. Aber es kam noch schlimmer. Am Freitagabend im Pub brachte der Kerl das Thema neuerlich aufs Tapet – woraufhin, Teufel noch mal, auch alle anderen anfingen, von ihren Söhnen und sogar Töchtern zu erzählen. Und so ging's weiter. Alle gaben plötzlich mit ihrem Nachwuchs an, und schuld an dem Ganzen war nur dieser Widerling von neuem Boss. Stinksauer war Frank an jenem Abend nach Hause geschlichen, und beim Golfspiel am Samstag ging sein Handicap zum Teufel.

»Wie dem auch sei«, sagte Patty, »Frank kann ihn nicht ausstehen. Ich weiß nicht – wir können doch nicht immer alles bekommen, was wir wollen, oder? Versuch mal, eine Woche lang unter Miss Cartright zu arbeiten, habe ich zu ihm gesagt. Da werden dir die Augen aufgehen.«

Nachdem sich das Gespräch wieder anderen Themen zugewandt hatte, sah sie Fay noch einmal aufmerksam an: »Ist es das neue Puder oder was ist es?«, fragte sie. »Sie sehen nicht ganz gesund aus. Fühlen Sie sich nicht wohl?« Ein ebenso aufregender wie entsetzlicher Gedanke schoss ihr durch den Kopf. War Fay vielleicht unpässlich? War es denkbar, dass sie schwanger war? Sie aß nicht viel. Der Salat vor ihr auf dem Tisch war nahezu unberührt.

Leicht verwirrt blickte Fay auf; ihre Gedanken waren ganz woanders gewesen. »Nein, mir geht's blendend«, sagte sie. »Ich war gestern Abend aus, das ist alles. Mir fehlt nur ein bisschen Schlaf.« So, so, dachte Patty.

Pattys Spekulationen waren wie üblich eine groteske Verzerrung der Realität. In Wirklichkeit hatte Fay ein Erlebnis hinter sich, das sie außer Fassung gebracht hatte: Am Samstagabend war sie auf einer Party gewesen, die einer von Myras Kumpeln in einer Wohnung in Potts

Point gegeben hatte. Kurz vor Mitternacht war ihr auf einmal ohne erkennbaren Grund die Erkenntnis gekommen, dass sie bloß ihre Zeit verschwendete. In gewisser Weise waren ihr alle Männer hier längst bekannt; sie hatte sie schon auf allen anderen Partys, die sie bis dahin besucht hatte, gesehen und hatte auf einmal dieses ganze sinnlose Karussell vollkommen satt. Was allerdings noch schlimmer war, noch viel, viel schlimmer: Es gab kein anderes Karussell, auf das sie hätte aufspringen können. Ob es ihr gefiel oder nicht, sie war offenbar zu diesem einen verdammt und konnte nicht das Geringste dagegen tun. Und schließlich hatte sie sich doch wieder dazu überreden lassen, mit einem Mann, der ebenfalls auf der Party gewesen war, am Sonntag im Rex Hotel ein paar Gläschen zu leeren, und den ganzen unrühmlichen Abend lang Konversation mit Mr Falsch getrieben. Entsprechend ausgelaugt fühlte sie sich heute, das war alles.

»Ich muss mich nur einmal richtig ausschlafen«, sagte sie zu Patty.

»Na gut«, sagte Patty, warf einen Blick in die Runde und erspähte Paula Price, mit der sie einst in der Kinderabteilung zusammengearbeitet hatte. Sie hatte bei Goode's Karriere gemacht und inzwischen eine höhere Stellung bei den Miederwaren inne. »Wenn Sie mich einen Augenblick entbehren könnten«, sagte sie zu Fay. »Ich will nur ein paar Worte mit Paula wechseln. Hab sie schon lange nicht mehr gesehen.«

Ergebnis des kleinen Schwätzchens mit Paula war, dass Patty auf dem Umweg über die Miederwaren im ersten Stock zu ihren Cocktailkleidern zurückkehrte. Paula hatte ihr unbedingt noch ein paar göttliche Nachthemden zeigen wollen, die sie gerade hereinbekommen hatte – eine Bestellung, die mit Verspätung geliefert worden war, die Goode's aber wegen ihrer ganz außergewöhnlichen Qualität dennoch akzeptiert hatte.

Hergestellt aus einem neuen, verbesserten englischen Nylon, der, wie Paula Patty versicherte, atmete, lagen die Nachthemden in drei verschiedenen Schnitten und drei verschiedenen Farben vor, doch hatte Patty aus irgendeinem Grund – vielleicht, weil die Zeit einfach reif dafür war – sofort für ein ganz bestimmtes Modell der angebotenen Kollektion Feuer gefangen. Als sie, die magere, strohblonde, ungeliebte Patty, den schwarzen Nylontraum mit gekreuztem Mieder und angeschnittenen Ärmeln, die durch pinkfarbene Seidenfäden in der schwarzen Spitze effektvoll zur Wirkung kamen, sowie den duftigen Rock, der in einer Fülle schwarzer Spitze endete, erblickte, da hatte sie ihr Herz sofort verloren.

»Legen Sie es für mich zurück, Paula«, sagte sie. »Ich regle das am nächsten Zahltag.«

Unter dem Strich war das gute Stück ja dank des Mitarbeiterrabatts gar nicht so teuer – und schließlich brauchte sie ein neues Nachthemd. Wann habe ich mir eigentlich zum letzten Mal ein Nachthemd gekauft?, fragte sich Patty. Auf dem Weg zurück zu den Cocktailkleidern warf sie auch noch einen Blick auf die Badeanzüge. Aber die kamen ein andermal dran. Ich will ja nicht gleich durchdrehen, dachte sie.

10

Fay Baines und ihre Freundin Myra Parker saßen in einer kleinen Nische beim Repin's und aßen getoastete Sandwiches. Sie wollten die Fünf-Uhr-Vorstellung im Kino sehen, und da diese erst nach ihrer normalen Abendessenszeit zu Ende ging, hatte Myra darauf hingewiesen, besser vorher noch etwas Anständiges zu essen, anstatt mitten im Film mit Eiscreme und Schokolade den Heißhunger zu bekämpfen und sich damit die Figur zu ruinieren. Auf diese Art weitsichtiger Vorausplanung konnte man sich bei Myra stets verlassen.

Anders als Fay stand Myra mit beiden Beinen mitten im Leben und wusste genau, was sie wollte. Sie arbeitete inzwischen als Hostess und Empfangsdame in einem Nachtclub und erhielt eine beachtliche Kleiderzulage. Von Fays Rabattvorteilen machte sie indessen keinen Gebrauch, da die Abendkleider bei Goode's, wie sie meinte, nicht das Richtige für sie seien. »Ich brauche was Flotteres«, sagte sie zu Fay. »Ich versuch's mal an der Strand Arcade oder vielleicht auch am Piccadilly.«

Inzwischen war es bereits wieder Samstag. Der triste Montag, an dem Fay in der Kantine vor ihrem Salatteller gesessen und mit ihrer kummervollen Erscheinung Patty Williams' Interesse geweckt hatte, lag schon fast wieder eine Woche zurück, und sie sah immer noch nicht besonders gut aus, obwohl sie mittlerweile einige Nächte lang Zeit gehabt hatte, den Schlaf nachzuholen. Myra nahm die schwere, kleine, versilberte Kanne zur Hand, schenkte sich eine zweite Tasse Tee ein, lehnte sich bequem in ihrem Sitz zurück, zündete sich eine Zigarette an und betrachtete, während sie den Rauch ausatmete, ihr Gegenüber. »Honey«, begann sie – im Rahmen ihrer beruflichen Pflichten hatte Myra oft mit Amerikanern zu tun –, »Honey, du gefällst mir heute nicht so recht. Dir fehlt irgendwie dein Glanz. Was ist los mit dir?«

Fay starrte auf ihren Teller. Was sollte sie schon sagen? »Das liegt wahrscheinlich bloß an dem neuen Puder«, improvisierte sie. »Es lässt mich blasser erscheinen, als ich bin, glaube ich.«

»Dann verzichtest du besser darauf«, erwiderte Myra. »Du willst doch nicht blass aussehen. Nimm was von meinem, wenn wir uns nachher frisch machen. Du willst doch todschick aussehen heute Abend, oder?«

Myra lächelte verschlagen und stieß wieder eine Qualmwolke aus. Die Anspielung bezog sich auf eine Verabredung zum Dinner mit zwei Männern, die sie im Nachtclub kennengelernt hatte. »Ich bringe meine Freundin mit«, hatte sie gesagt, als man ihr ein Rendezvous vorschlug. »Sie ist zu allen Schandtaten bereit, aber, ich sag's euch, sie ist ein anständiges Mädchen. Kommt also ja nicht auf abwegige Gedanken, verstanden? Fay ist ein anständiges Mädchen, genau wie ich, falls ihr das noch nicht bemerkt haben solltet.«

»Das ist genau der Grund, warum wir mit euch ausgehen wollen«, hatte der extrovertiertere der beiden Männer geantwortet, »he?« Und dabei stieß er seinen Kameraden verstohlen in die Seite.

»Ja, genau, recht hast du!«, sagte der.

»Wir treffen uns also in King's Cross«, bestimmte Myra, »um halb neun bei Lindy's. Und lasst uns ja nicht warten!«

»Wie könnten wir!«, sagten die beiden. »Punkt halb neun sind wir da.«

Fays Hoffnungen schwanden. Sie kannte diese Männer – oder andere, die ihnen zum Verwechseln ähnlich sahen – zur Genüge, war mit ihnen ausgegangen, hatte sich von ihnen zum Essen einladen lassen, auf ihre Kosten *Gin-and-limes* getrunken, in ihren Armen getanzt. Sie hatte sich ihrer Zudringlichkeiten erwehrt oder ihrem Liebeswerben nachgegeben und mit ihnen geschlafen. Sie war diesen Weg bis zum bitteren, staubigen Ende gegangen, und jetzt spielte ihr Herz nicht mehr mit. Dennoch war es für sie ein Ding der Unmöglichkeit, diese Abendeinladung abzulehnen. Myra hätte sie für verrückt gehalten.

»Also gut«, sagte sie zu ihrer Freundin. »Man weiß ja nie, nicht wahr? Vielleicht ist er ja genau der Mann, auf den ich gewartet habe. Ist er groß?«

Myra dachte an den weniger attraktiven der beiden Männer – den anderen hatte sie für sich selbst reserviert – und sagte: »Nein, nicht sehr. Aber auch nicht *klein*. Mittel eben.« Dann fügte sie rasch hinzu: »Aber ich glaube, er ist reich. Wenn ich mich recht entsinne, trug er eine goldene Armbanduhr. Ich glaube, er wird dir gefallen. Ist wahrscheinlich genau dein Typ. Wart's einfach ab und sieh ihn dir an.«

»Ja, okay«, erwiderte Fay, und in ihrem Herzen flackerte wieder ein Fünkchen Mut und Hoffnung auf. »Ich wart's ab und seh ihn mir an.«

»So ist's recht«, sagte Myra.

11

Lisa und ihre Mutter gingen an diesem Abend auch ins Kino; es war schon eine Art Gewohnheit bei ihnen. Manchmal wurden sie von Lisas Vater begleitet, je nachdem.

»Warten wir's ab, ob dein Vater diesmal mitkommen will«, sagte Mrs Miles zu ihrer Tochter ungefähr eine halbe Stunde vor seiner wahrscheinlichen Rückkehr von den Rennen, wo er den Nachmittag verbracht und wieder einen beträchtlichen Teil seines Lohnes – Mrs Miles erfuhr es nie – verwettet hatte. Noch einmal wischte sie die Arbeitsflächen in der Küche mit einem Schwamm ab und spülte ihn aus. Lisa saß am Tisch.

»Dieser Job ist doch nicht zu viel für dich, Lesley?«, fragte ihre Mutter und musterte sie sorgfältig. »Ich hoffte, du würdest jetzt, nachdem die Prüfungen vorbei sind, ein wenig zunehmen.«

»Mir fehlt nichts, Mama«, sagte Lisa. »Und dicker werde ich im neuen Jahr, wenn ich nicht mehr bei Goode's arbeite. Dann bleibe ich den ganzen Tag zu Hause, lese und werde fett und rund.«

»Braves Mädchen«, sagte Mrs Miles. »Ich kauf dir noch ein bisschen Schokolade, damit's dir leichter fällt.«

»Danke, Mama«, sagte Lisa.

Lisa und ihre Mutter verband ein Geheimnis, über das sie nur mit wenigen Worten und Blicken kommunizierten. Ein geheimer und außerordentlicher Plan sollte in Kraft treten, wenn Lisa tatsächlich das Stipendium erhielt, und ihr auf die eine oder andere Weise den Besuch der Universität von Sydney im kommenden Trimester ermöglichen, selbst wenn dies einen krassen Verstoß gegen die Anordnung des Vaters bedeutete. Gelegentlich kam ihnen beiden gleichzeitig dieses Geheimnis ins Bewusstsein und schien dann in Form einer unsichtbaren rosa Wolke mit leuchtenden Rändern über ihren Köpfen zu schweben – zu schön, um verraten, zu zart, um benannt zu werden. Jetzt war so ein Augenblick. Sie schwebte über ihnen, als sie beide an eine Lesley-Lisa dachten, die rundlicher war, kräftiger – und frischgebackene Studentin an der Universität. Doch zunächst mussten sie noch die Qual des Wartens auf die Prüfungsnoten ertragen, von denen alles Weitere abhing. Drei Wochen schmerzhafter Warterei standen ihnen noch bevor.

»Da kommt dein Vater«, sagte Mrs Miles. »Sehen wir mal, was er vorhat.«

Das Familienoberhaupt betrat die Küche. »Hallo, ihr zwei!«, sagte er, machte aber keine Anstalten, sie zu küssen, sondern blieb in der Tür stehen und wirkte recht zufrieden mit sich selbst. Und dafür gab es auch einen Anlass: Seine Taschen waren voller Fünfpfundnoten.

»Nun, hattest du einen schönen Tag, Ed?«, fragte Mrs Miles, was so viel bedeutete wie: Hat es dir bei den Rennen gefallen?

»Nicht übel, nicht übel«, erwiderte er, und das hieß: Habe über hundert Pfund gewonnen – ein guter Anfang, um die einhundertfünfzig Pfund wettzumachen, die ich vergangene Woche verloren habe.

»Kommst du heute mit uns ins Kino, Dad?«, fragte Lisa. Sie gab ihm einen kurzen Überblick über das aktuelle Programm der Kinos in ihrer Nähe.

»Also, mir ist es gleich«, sagte Mr Miles mit großer Geste. »Sucht euch nur selbst aus, was ihr sehen wollt, meine Damen. Und was haltet ihr davon, wenn wir vorher noch chinesisch essen gehen? Lesley könnte uns einladen, sie verdient ja jetzt.«

»Pfui«, protestierte Mrs Miles. »Lesley muss ihr Geld sparen. Wir essen zu Hause. Ich habe gute Lammkoteletts da.«

»Behalt deine Koteletts«, sagte Mr Miles. »Ich mache ja nur Spaß. Ihr seid meine Gäste. Und nun macht euch fertig, wir wollen los!«

In gehobener Stimmung beeilten sie sich, ihm seinen Wunsch zu erfüllen: Solche Phasen guter Laune waren selten genug, weshalb man sich ihnen mit Eifer und Dankbarkeit anschloss. Lisa zog ihr rosa Kleid an. Als sie sich in dem großen Spiegel in Mutters Schrank betrachtete, dachte sie, na ja, also das ist nun wirklich nicht ganz das, was ich mir wünsche, und ihr wurde auf einmal klar, dass die zwei Wochen bei Goode's ihre Vorstellung vom »besten Kleid« schon ein wenig modifiziert hatten. Aber egal, dachte sie, ich gehe ja bloß mit Mama und Papa aus, das ist was anderes, als … Und nun ging ihr plötzlich auf, dass ihr in letzter Zeit die verrücktesten Gedanken und Möglichkeiten durch den Kopf gegangen waren: Dass das wahre Leben jetzt, mit all seinen Möglichkeiten, fast greifbar vor ihr lag.

12

Magda öffnete ihre großen braunen Augen, und der strahlend helle Tag blendete sie. Sie warf einen Blick auf die Uhr, die auf dem Nachttisch stand. Es war schon zehn. Sie überlegte kurz, ob sie in die Kirche gehen sollte; dann drehte sie sich um und schlief wieder ein. Ich habe den Schlaf nötig, dachte sie bei sich, Gott weiß das.

Magda und der liebe Gott kamen perfekt miteinander aus, und dieses perfekte Einvernehmen war die Basis für ihren Erfolg in der Kunst des Lebens. Stefan kam vor allem perfekt mit sich selber aus, und das mit den gleichen Folgen. Dass auch Magda und Stefan perfekt miteinander auskamen, war die Folge einer Anzahl verschiedener Faktoren, unter anderem die Tatsache, dass sie beide in der Hölle gewesen waren und sie überlebt hatten.

Als Magda erneut aufwachte, erblickte sie Stefan mit der Kaffeekanne, einer großen Tasse und einem Teller vor sich.

»Ich dachte mir, wenn ich dich jetzt wecke – es ist übrigens elf –, hast du noch genug Zeit, zur Mittagsmesse zu gehen, sofern dir der Sinn danach steht.«

»Aaaah«, seufzte Magda und reckte sich. »Gib mir erst einmal einen Kaffee. Dann werde ich darüber nachdenken.« Sie setzte sich auf, ein Aufwogen von weißen Armen und Nachthemdseide, und Stefan schenkte ihr Kaffee ein.

»Ich hol mir auch einen«, sagte er und ging aus dem Zimmer. Magda überlegte, was an diesem Tag noch alles anstand. Möglichst lange faulenzen, dann ein kleiner Spaziergang im Park und zu guter Letzt ein Abendessen mit Freunden in einem Restaurant, das wäre das Beste, dachte sie. Schon kehrte Stefan zurück.

»Ich gehe heute nicht in die Kirche«, sagte Magda.

»Der Papst höchstpersönlich würde dich entschuldigen«, versicherte ihr Stefan.

»Sprich nicht in diesem Ton von Seiner Heiligkeit«, entgegnete Magda streng.

Magda war Slowenin und Stefan Ungar. Als Zwangsvertriebene war ihnen nach dem Krieg die Einreise nach Australien gestattet worden, und in einem Einwandererlager am Stadtrand von Sydney hatten sie einander kennengelernt. Die Sprache, in der sie die ersten Worte gewechselt hatten, war Französisch gewesen, doch als der von der australischen Regierung geförderte Sprachunterricht erste Früchte trug, waren sie zum Englischen übergegangen, was sie ein Jahr nach ihrer Ankunft im Lande bereits fließend beherrschten, wenn auch mit einigen individuellen Eigenarten. Zu jenem Zeitpunkt hatten sie auch begonnen zu lesen, was immer ihnen in die Finger kam. Stefan wandte sich dann mehr und mehr den Klassikern zu, wohin Magda ihm nur noch mit Mühe folgen konnte.

»Ich kann mich mit diesem Shakespeare nicht so recht anfreunden«, sagte sie. »Dieser Prinz Hamlet zum Beispiel. Ein Held ist der für mich nicht.«

Bald schlichen sich in ihre gemeinsame Sprache zahlreiche altmodische Ausdrücke ein, die den Werken Hardys oder Dickens' entsprangen und über Stefan auch Eingang in Magdas Redeweise fanden. Manchmal geschah es sogar, dass ihre vielen ungarischen Freunde, die in Magdas Gegenwart gewöhnlich Englisch sprachen, bestimmte Begriffe übernahmen. Sie alle stimmten mit einem gewissen Sarkasmus darin überein, dass sie für das Erlernen »dieser wunderbaren Sprache« dankbar waren und bleiben würden, auch wenn der Krieg, der Aufstand von 1956 und die daraus resultierenden persönlichen Konsequenzen ein teurer Preis für dieses Privileg waren. Noch immer musste man bei ihnen ständig damit rechnen, dass sie bei der Entdeckung einer neuen idiomatischen Redewendung entzückt auflachten. »A pig in a poke!«, riefen sie dann aus, »eine Katze im Sack!« Dabei stießen sie Freudenschreie aus wie seinerzeit ihre madjarischen Vorfahren, als sie auf schnellen Pferden über die weite, fruchtbare Ebene ihrer ungarischen Heimat galoppierten.

13

Um neun Uhr morgens am dritten Dezembermontag öffneten sich die großen Eingangstüren aus Glas und Mahagoni bei Goode's einer großen Schar frühaufstehender Hausfrauen, die alle wild entschlossen waren, den Reigen ihrer Weihnachtseinkäufe zu Ende zu bringen. Von den bewaldeten Hügeln der North Shore bis hin zum stuckverschnörkelten Charme der östlichen Vorstädte, von der vergangenen Vornehmheit ihrer westlichen Äquivalente bis hin zur Terra incognita des Südens waren sie mit Zügen, Bussen, Straßenbahnen und sogar Taxis zu jener Stätte der letzten großen Hektik vor dem Fest angereist. Es fehlten noch Geschenke für diverse schwierige Verwandte; es mussten noch einige Kleidungsstücke für die allmählich emporschießenden Sprösslinge erstanden werden; sogar die Kundinnen selbst brauchten noch das ein oder andere Kleid und dazu passende Schuhe.

Miss Jacobs war auf ihrem Posten, zu allem bereit, das Maßband um den Hals drapiert, die Stecknadeln in Reichweite neben ihr. Sollten sie nur kommen. Sie, Miss Jacobs, würde wie ein Fels in der Brandung stehen.

Mr Ryder ging an ihr vorbei. »Alles in Ordnung, Miss Jacobs?«, rief er ihr zu. »Sind Sie zur Schlacht gerüstet?«

»Ich weiß nicht, was er mit ›Schlacht‹ meint«, sagte Miss Jacobs zu Lisa. »Dass es in der Woche vor Weihnachten bei uns hoch hergeht, wissen wir doch, nicht wahr? Ich weiß nicht, was er hat mit seiner ›Schlacht‹.« Weihnachten fiel in diesem Jahr auf einen Dienstag, den Dienstag der kommenden Woche. »Und vergessen Sie nicht, Lisa«, fuhr Miss Jacobs fort, »die Damen daran zu erinnern, dass wir vor Weihnachten allenfalls noch Säume kürzen, aber sonst keine Änderungen mehr vornehmen können, und nach dem Mittwoch sind auch keine Säume mehr drin, ganz egal, was die Kundinnen sagen. Das geht erst wieder im neuen Jahr.«

»Ja, ich werd's ihnen sagen«, erwiderte Lisa.

»Und ich werde auch Miss Baines und Mrs Williams noch einmal darauf hinweisen«, sagte Miss Jacobs.

Die beiden Kolleginnen waren mit der Auslage beschäftigt. Patty unterhielt sich mit Fay über ihren Badeanzug, ein Modell aus dem vergangenen Jahr, dessen Mängel ihr tags zuvor am Strand von Coogee bewusst geworden waren. »Er hat hier herum elastisches Material.« Sie beschrieb einen Kreis um einen bestimmten Teil ihrer Anatomie. »Nur leiert es schon aus, und außerdem verblassen die Farben. Ich werde mir wohl einen neuen kaufen müssen, vielleicht so einen aus Lastex. Mal sehen. Werde meine Weihnachtsgratifikation wohl zur Abwechslung mal für mich selber ausgeben.«

Als ob ihr jemals der Gedanke gekommen wäre, das Geld anderweitig zu verwenden. Am kommenden Donnerstag war Zahltag, da standen ihr dann der Lohn für die letzten vierzehn Tage sowie die Gratifikation zur Verfügung. Das reichte für das Nachthemd und für einen neuen Badeanzug – die *Bank of New South Wales* würde wohl diesmal leer ausgehen. Ihre Weihnachtsgeschenke hatte sie bereits alle gekauft.

»Wir gehen am Weihnachtstag alle zu Mama«, sagte sie zu Fay. »Wie immer. Was haben Sie denn vor?«

O weh, das war ein wunder Punkt, ein tragischer sogar. Für einen Besuch bei ihrem Bruder in Melbourne reichte die Zeit nicht, selbst wenn sie gerne zu ihm gefahren wäre. Sie konnte allenfalls die Einladung annehmen, mit Myra zu deren Eltern zu fahren. Die alten Herrschaften hatten sich nach Blackheath in den Blue Mountains zurückgezogen und lebten dort in einem kleinen Fertighaus. Lehnte sie ab, so würde sie Weihnachten allein verbringen müssen, und da das für sie vollkommen undenkbar war, stand zwangsläufig Blackheath auf dem Programm.

»Mal ein bisschen was anderes«, hatte Myra gesagt. »Wir können bis Donnerstag dort bleiben und dann mit dem ›Fish‹ zurückfahren. Dann hast du noch genug Zeit, bevor du wieder arbeiten musst.«

Der Gedanke an den »Fish« machte die Angelegenheit in Fays Vorstellung letztlich doch erträglich. »The Fish« – das war der legendäre Zug in die Blue Mountains.

»Ich fahre mit meiner Freundin Myra in die Blue Mountains«, antwortete sie auf Pattys Frage. »Wir bleiben bis Donnerstagfrüh und kommen dann mit dem ›Fish‹ zurück.«

»Oh, das ist aber schön«, sagte Patty, »da oben wird es angenehm kühl sein.« Und ein kleiner Urlaub kann dir nur gut tun, dachte sie. Du siehst ja seit einiger Zeit elend aus. Kein Wunder, bei all diesen Männern, von denen du immer redest … Vielleicht hat sie ja wirklich ernste Probleme … hmmm, aber das geht mich nichts an.

Magda gab ihren schwarzgewandeten Kolleginnen noch einen Tag Ruhe, dann schlug sie zu. Früh am Dienstagmorgen tauchte sie aus ihrer rosa Grotte hervor und rauschte mit vollen Segeln über den Teppichboden zu den Cocktailkleidern.

»Guten Morgen, meine Damen«, rief sie fröhlich. »Ich hoffe, Sie haben diese Woche nicht allzu viel zu tun, denn ich werde Ihnen jetzt hin und wieder Ihr kleines Schulmädchen abspenstig machen. Ich habe mit Miss Cartright gesprochen. Sie sagte, ich könne mir Lisa jederzeit mal für einen Vormittag oder Nachmittag ausleihen – es wird Ihnen kaum auffallen.«

Kaum, dachte sie bei sich, aber merken werdet ihr's trotzdem, wenn ihr mal wieder selbst ins Lager rennen müsst und nicht für alles, wozu man Beine braucht, Lisa laufen lassen könnt ...

»Nun denn«, sagte Miss Jacobs, »wenn Miss Cartright das sagt, dann werde ich mich mit Ihnen darüber nicht streiten.«

Patty hatte eine beleidigte Miene aufgesetzt, wie immer in Magdas Gegenwart. Fay wirkte empört.

»Soll ich sofort zu Ihnen kommen?«, fragte Lisa.

»Ja, das wäre sehr nett«, sagte Magda. »Ich werde Ihnen zeigen, wie wir bei den Modellkleidern arbeiten. Sie können eine Menge bei mir lernen, und dann werden wir weitersehen.«

Lisa schlüpfte hinter dem Ladentisch der Cocktailkleiderabteilung hervor und folgte Magda durch den Torbogen hindurch in ihr Heiligtum. Aus dem Blick und dem angedeuteten Achselzucken des Mädchens konnte man eine Art Entschuldigung gegenüber den Kolleginnen herauslesen. Dann sahen Miss Jacobs, Mrs Williams und Miss Baines nichts mehr von ihr, bis die Sonne ihren

Höchststand überschritten hatte, zwölf Cocktailkleider verkauft und drei Expeditionen ins Lager absolviert waren – zwei von Miss Baines und eine von der heftig protestierenden Mrs Williams.

14

»Also, Lisa«, sagte Magda, wobei sie mit einer eleganten Geste den ganzen Raum umfasste, »hier sind die Modellkleider. Wissen Sie eigentlich, was genau man darunter versteht?«

»Ich? Nein, nicht genau. Ich weiß nicht so recht.«

»Gut«, sagte Magda, »dann werde ich es Ihnen erklären. Diese Kleider hier sind allesamt Unikate. Es gibt sie in der ganzen Stadt nur einmal. Oh, doch, bei Focher wirst du vielleicht das eine oder andere ebenfalls finden, ich weiß nicht, wie sie es macht, aber diese Frau ist zu allem imstande. Wie dem auch sei – was uns hier betrifft, so kann es diese Kleider in Sydney nicht zweimal geben. Eine Frau, die bei uns einkauft, weiß, dass ihr nie ein anderes weibliches Wesen mit dem gleichen Kleid begegnen wird – ein Albtraum für jede Frau, selbst wenn sie in dem betreffenden Kleid viel besser aussieht als ihre … Rivalin, sozusagen. Wir haben also das exklusive Recht, dieses Kleid in Sydney zu verkaufen. Vielleicht findet man es auch noch bei George's in Melbourne – aber wer fährt schon nach Melbourne? Das spielt für uns keine Rolle.«

»Aha«, sagte Lisa verwirrt, »ich verstehe.«

»Unser gesamtes Angebot befindet sich hier. Wir führen kein einziges Modell in verschiedenen Größen, denn dann wäre es schließlich kein Unikat mehr. Sehen Sie?« Lisa nickte und ließ ihren Blick über die schimmernden

Kleiderreihen mit ihren glänzenden Chiffon- und Taftsäumen schweifen.

»Und nun wollen wir einige dieser Kleider aus der Nähe betrachten«, sagte Magda, »damit Sie wissen, wie so ein Modellkleid aussieht. Warten Sie ... Hier haben wir unsere Tageskleider und die Kostüme, zum Beispiel hier aus irischem Leinen, ein Hardy Amies, hervorragend geschnitten ... Ich würde es mir gerne selbst kaufen, aber dieser englische Schnitt ist einfach nichts für mich, eher etwas für magere Frauen ohne Hüften. Ich verstehe gar nicht, warum, die Engländerinnen haben doch alle eine Figur wie eine Birne, aber sei's drum. Für mich ist das nichts. Die Franzosen sind da anders. Ihr Schnitt ist genau das Richtige für Frauen mit Hüften und Busen, und dabei gelingt es ihnen, jede Frau schlank aussehen zu lassen – das ist die wahre Kunst. Keiner kann ihnen das Wasser reichen – mein Gott, was für eine bemerkenswerte Kultur! Ich hoffe doch, Sie haben in der Schule Französisch gelernt, oder?«

»Ja, doch!«, sagte Lisa. »Ich hatte Französisch im Abitur.«

»C'est bien«, erwiderte Magda. *»Nous parlerons quelquefois français, non?«*

»Je lis un peu«, gab Lisa zurück. *»Je ne parle pas bien.«*

»Kommen Sie und sehen Sie sich ein paar französische Abendkleider an, *en tout cas*«, sagte Magda. »Ich wage zu behaupten, dass sie Sie mehr interessieren werden als die Kostüme und die Tageskleider. Für eine *jeune fille* dieses romantische hier. Wir haben natürlich auch einige englische Modelle, so schlecht sind die auch wieder nicht. Machen Sie sich Ihr eigenes Bild. Hier ist Hartnell, der Schneider der Queen, wie Sie wissen. Dann wieder Amies, auch er arbeitet für die Queen. Und ein Charles James – *magnifique*. Hier ein paar französische, sehen Sie – Jacques Fath, *ravissante* … ein kleines Chanel – sie hat so viel Raffinesse, diese Frau. Und dann der große Dior! Oft kopiert und doch nie erreicht!«

Lisa wurde vom vielen Schauen immer verwirrter. In ihrem Kopf drehte sich alles. Sie hatte in jüngster Zeit die Erfahrung gemacht, dass Kleidung mehr sein konnte als nur eine Körperbedeckung; dass sich dahinter andere Bedeutungen versteckten. Was sie jetzt plötzlich erkannte, wenn es ihr auch vorerst noch verschwommen und seltsam vorkam, war, dass Kleidung gewissermaßen Kunst sein konnte. Diese Kleider hier, die Magda mit einem Namen versah und Lisa jeweils kurz vor die Nase hielt, umgab, wie es schien, eine magische Aura, ja sogar eine Art Stolz. Jedes einzelne kam Lisa, die nach wie vor nicht viel davon verstand, dennoch wie ein Gedicht vor.

»Donnerwetter«, sagte sie, »toll.« Unwillkürlich streckte sie die Hand aus, vorsichtig, zögernd, und berührte den vielschichtigen Rock eines hellen Abendkleids. »Sind die sehr teuer?«, fragte sie mit großen, angstvollen Augen.

»Und ob!«, tönte Magda. »Und ob sie das sind! Sie müssen auch teuer sein. Mein Gott! Sie werden in Kürze mein Bestandsbuch sehen, dann wissen Sie Bescheid. Doch bei einem solchen Kleid ist der Preis – und auch das werden Sie eines Tages begreifen – Teil seines Charmes. Ich werde Ihnen jetzt noch ein, zwei andere Dinge erklären, und dann gehen Sie besser wieder zu den Cocktail-Damen. Nachher werde ich auch noch einmal mit Miss

Cartright sprechen und ihr vorschlagen, dass Sie immer vormittags zu mir kommen, wenn hier noch nicht so viel los ist. Ich möchte, dass Sie mir bei Folgendem zur Hand gehen …«

Sie führte Lisa zu dem Louis-seize-Tischchen und zog die Schublade auf. *»Voilà!«*, rief sie. »Hier ist mein Bestandsbuch. Und jetzt passen Sie auf: Wie Sie wissen, fängt am zweiten Januar dieser schauerliche Schlussverkauf an, von dem natürlich auch meine Ware betroffen ist. Es ist also Zeit, Bilanz zu ziehen. Schauen Sie, hier ist eine Liste aller meiner Kleider, mit Namen, Großhandels- und Ladenpreis. Sie werden so freundlich sein, für alle Stücke, die noch nicht verkauft sind, ein Preisschildchen auszufüllen. Ach ja: Wenn wir ein Kleid verkauft haben, haken wir das in der letzten Spalte ab. Wenn Sie fertig sind, gehen wir die Lagerbestände durch, und ich setze den Schlussverkaufspreis fest, der sich danach richtet, wie lange ein Kleid schon hier hängt, in welchem Zustand es sich befindet und so weiter. Sie schreiben dann den neuen Preis unter den alten, sodass die Damen wissen, was für ein tolles Schnäppchen sie vor sich haben. Zuallererst aber werden Sie die Kleider jeder Sektion in jene Reihenfolge hängen, wie sie durch die Auflistung im Bestandsbuch vorgegeben ist. Dann ist alles Weitere viel bequemer, und wir wissen genau, woran wir sind. Selbstverständlich werden Sie sich, bevor Sie zu mir kommen, immer gründlich die Hände waschen, damit sie blitzsauber sind, wenn Sie diese sündhaft teuren Kleider anfassen, *ma petite*. Okay?«

Magda lächelte strahlend und dachte bei sich: Es ist wirklich nett, eine kleine Assistentin zu haben, selbst wenn es nur ein so mageres, blasses kleines Schulmädchen ist wie Lisa, das von Tuten und Blasen keine Ahnung hat. Ja, sie empfand es als ausgesprochen angenehm, so ein ahnungsloses kleines Ding unter ihre Fittiche zu nehmen, denn nun konnte sie, Magda, ihm alles beibringen. Urplötzlich erkannte sie, dass es Spaß machte, einen leeren Kopf Tröpfchen um Tröpfchen mit kostbarem Wissen zu füllen: Schnitt, Stil, Geschmack – Amies, Fath, Dior.

15

Am Vormittag werde ich jetzt immer Magda helfen, Mama.«

»Magda? Wer ist Magda?«, wollte Mrs Miles wissen.

»Du kennst doch Magda. Sie ist für die Modellkleider zuständig, das habe ich dir doch erzählt.«

»Modellkleider, ja, um Gottes willen, was sind denn ›Modellkleider‹?«, fragte Mrs Miles. »Ich dachte, bei Goode's gibt's nur Modellkleider, so teuer wie der Laden ist.«

»Nein, nein«, widersprach Lisa, »die anderen sind alle gar keine Modellkleider, sie kommen in allen Größen rein, und jeder kann sie kaufen.«

»Jeder, der sie bezahlen kann«, sagte Mrs Miles. »Ich also bestimmt nicht.«

»Nein, aber die Modellkleider sind Unikate«, fuhr Lisa fort. »Es gibt sie nur in einem einzigen Exemplar, und sie kommen aus Frankreich und England. Wenn du ein Modellkleid kaufst, dann weißt du, dass keine andere Frau in Sydney das gleiche hat.«

»O ja«, sagte Mrs Miles, »ich weiß. Individuell. Aber abgesehen von deinen alten Schulblusen sind doch auch deine Kleider einzigartig, nicht wahr, denn ich habe sie ja selbst geschneidert.«

»Jaaa«, sagte Lisa, »ich glaub schon …«

»Das ist keine Frage des Glaubens«, erwiderte ihre

Mutter, »es ist einfach so. Denk doch mal an das rosa Kleid, das ich dir genäht habe. Gäbe es wirklich noch so ein Kleid zu kaufen, so müsstest du bestimmt fünf oder sechs Pfund dafür bezahlen. Aber das geht eben nicht.«

»Ja, aber die Modellkleider sind hauptsächlich Abendkleider.«

»Ach ja, Abendkleider«, sagte Mrs Miles, »für Bälle und so. Das ist was anderes. Ich könnte es ja mal versuchen, wenn du wirklich auf einen Ball gehen willst.« Ihr wurde regelrecht schwindlig bei dem Gedanken, sie könnte eines Tages ein Abendkleid für einen Ball schneidern ... Nicht, dass sie nicht ihr Bestes geben würde, um ihre Tochter fein herauszuputzen.

»Aber noch ist es wohl nicht so weit, dass wir uns darüber den Kopf zerbrechen müssten, oder?«, fragte sie beschwingt, doch schon während sie diese Frage stellte, beschlich sie beide, Mutter und Tochter, der gleiche schreckliche Gedanke. Es war das Geheimnis, das plötzlich wie eine rosa Wolke emporstieg und über ihren Köpfen an der Küchendecke schwebte. Wenn Lesley wirklich auf die Universität geht, dachte Mrs Miles, dann wird sie auch auf Bälle gehen – und weiß Gott was noch alles: die Kleider! All die anderen Mädchen dort, die Töchter von Ärzten, Rechtsanwälten, Geschäftsleuten, lauter reiche Mädchen mit vielen, vielen Kleidern, von Goode's zum Beispiel. Oje, da mithalten zu können, wird uns noch Kopfschmerzen bereiten. Lesley war ja eine solche Spätentwicklerin. Ihr bisheriges Leben war so einfach verlaufen. Sie war kaum einmal mit einem Jungen ausgegangen, nur mit ein paar unfertigen Knaben, die sie als Lausbuben bezeichnet hatte und die sie in keiner Weise beeindruckend fand. Wie würde das nun werden, an der Universität? Da würden ihr ganz andere über den Weg laufen – keine Lausbuben eben. Sie würde einfach ihr Bestes geben müssen. Warten wir's ab.

»Nein, aber wenn ich auf einen Ball gehe«, sagte Lisa, »dann habe ich ja mein eigenes Geld. Das, was ich bei Goode's verdient habe, nicht wahr? Ich kann mir also was Eigenes kaufen und brauche dich damit nicht zu belästigen.«

»Das stimmt«, sagte ihre Mutter. »Das hatte ich ganz vergessen. Du kannst dir ja von deinem Geld ein Modellkleid kaufen. Du wirst entzückend aussehen!« Sie lachten alle beide. Und dann sprang Lisa auf und nahm ihre Mutter beim Arm. Gemeinsam tanzten sie durch die Küche und sangen

Volare, oh, oh!
Cantare, oh, oh, oh, oh!

Es wird sich schon für alles eine Lösung finden, dachte Mrs Miles – und meine Lesley wird auf den Ball gehen!

16

Am nächsten Vormittag sah Lisa *das* Kleid.

Sie war mit der Arbeit beschäftigt, die Magda ihr aufgetragen hatte: Sie verglich die Bestandslisten mit den tatsächlich vorhandenen Kleidern und ordnete diese so, wie sie in der Liste aufgeführt waren, damit Magda nachher schnell die jeweiligen Schlussverkaufspreise festsetzen konnte. Es war ihr bereits gelungen, fünf oder sechs der nur wadenlangen Abendkleider zu finden und in die richtige Reihenfolge zu bringen; sie hingen nebeneinander in einem offenen Mahagonischrank auf den pinkfarbenen Satinbügeln. Lisa forschte unterdessen in dem noch unsortierten Rest nach einem Modell namens *Tara,* das laut Beschreibung im Buch aus schwarz-weißem Seidentaft bestehen sollte. Vorsichtig schob sie Bügel um Bügel vor, um das jeweils dahinter hängende Modellkleid zu inspizieren. Sie fand *Laura,* sie fand *Rosy,* sie fand *Minuit,* aber nirgends *Tara.* Als sie *Minuit* vorschob, um einen kleinen Freiraum zu gewinnen, erblickte sie – welch magischer Augenblick – *Lisette.*

Lisette war *das* Modell für ein junges Mädchen: Eine Mischung aus Unbekümmertheit und Romantik, aus Femme fatale und Mauerblümchen, wie nur der weibliche Geist sie zu erschaffen vermag. Der weiße Organza war mit winzigen roten Punkten gesprenkelt, das enge Mieder tief ausgeschnitten. Breite Rüschen, die kunstvoll mit roter Seide paspeliert waren, zogen sich über die Schultern. Das Ganze ergänzte ein Rock aus drei Organzalagen, deren Säume ineinanderliefen. Die letzte Rockbahn endete gut zwanzig Zentimeter über dem Boden und gewährte noch ausreichend Blick auf ein schlankes Bein, eine grazile Fessel. Der Effekt beruhte auf der Kombination aus Pünktchen und Streifen, und aus dem Gegensatz zwischen lebensfrohem Rot und jungfräulichem Weiß. Der seidige Stoff schimmerte leicht. Lisa stand da und sog den Anblick in sich auf. Zum ersten Mal verspürte sie jene besondere Liebe auf den ersten Blick, die die meisten Frauen schon viel früher in ihrem Leben erfahren: die plötzliche Erkenntnis, dass ein bestimmtes Kleid nicht nur hübsch ist und ihr nicht nur gut stehen würde, sondern über diese unerlässlichen Attribute hinaus ihrem innersten persönlichen Selbstverständnis entspricht. Dies war ihr Kleid. Es war, wenn auch unwissentlich, ganz allein für sie hergestellt worden. Lange stand Lisa davor und nahm es mit allen Sinnen in sich auf. Die Begegnung war zaghaft, schüchtern, ihrem ersten *Tête-à-tête* mit dem Tyger seltsam ähnlich. Lisa schaute und schaute, voll des Staunens, bis sie dann endlich langsam, zögerlich den Bügel vorschob und ihre Suche nach *Tara* fortsetzte.

17

Miss Jacobs, Mrs Williams, Miss Baines und Miss Miles hatten gerade ihre Lohntüten erhalten. Sie enthielten auch die Weihnachtsgratifikationen, welche bei jeder von ihnen Überlegungen über die Verwendung der zusätzlichen Finanzmittel und entsprechend angenehme Gefühle auslösten. Was Miss Jacobs' Gedanken betrifft, so müssen sie für immer ein Geheimnis bleiben; Lisas können wir uns leicht vorstellen; Fays vielleicht nicht ganz so leicht; Pattys kennen wir.

»Ich zieh mich nur schnell um«, sagte sie zu Fay, »und sehe mir unten die Badeanzüge und vielleicht noch ein oder zwei andere Sachen an. Wir sehen uns dann später in der Kantine – vielleicht aber auch nicht. Kann sein, dass ich heute aufs Mittagessen verzichten muss.«

Ungewöhnlich für sie war, dass sie von dem schwarzen Nachthemd kein Wort sagte. Nur Paula wusste natürlich Bescheid. Patty wollte sich umziehen, dann auf schnellstem Wege zu den Miederwaren gehen und ... nein, dachte sie, zuerst gehe ich zu den Badeanzügen. Besser, es sieht mich hier niemand mit diesem Päckchen aus den Miederwaren unterm Arm (in dieser Abteilung war ein mit Spitzen- und Schleifenmuster bedrucktes Einwickelpapier in Gebrauch). Sie könnten ja ahnen, was drin ist, oder mich sogar danach fragen. Also erst einmal zu den Badeanzügen.

Die Folge war, dass Patty sehr viel Zeit zum Anprobieren verschiedener Badeanzüge brauchte und danach plötzlich einen Bärenhunger hatte. Zum Abholen des Nachthemds und zum Essen reicht die Zeit nicht mehr, dachte sie, na ja, auch egal, dann hole ich mir das Nachthemd eben morgen. So geschah es, dass sie schließlich am Freitag vor Weihnachten mit einem Päckchen aus der Miederwarenabteilung nach Hause kam, in dem sich ein schwarzes Nylonnachthemd, Größe M, mit eingewirkten rosa Seidenfäden befand.

Seit Wochen schon schien Tag für Tag die Sonne. Die Temperaturen waren kontinuierlich und ungnädig gestiegen, und die Hitze drang in alle Mauern, Straßenpflaster und Dächer der riesigen Stadt. Nur langsam bewegten sich die Menschen durch diese alles befallende Schwere, die Augen vor dem gleißenden Licht zu schmalen Schlitzen verengt und das Bewusstsein reduziert auf einen Zustand apathischen Dahinvegetierens. Wenn sie konnten, lenkten sie ihre müden Schritte Richtung Wasser, wo immer und in welcher Form es erreichbar war: Es trieb sie zu den Stränden, in die Schwimmbäder, unter die eigene Dusche, sie tauchten ab, bis die erbarmungslose Sonne am Abend hinter dem Horizont verschwand und die Dunkelheit sich wie Balsam über die gequälten Sinne legte. Genau zu dieser Stunde des Tages erreichte Patty ihr Heim in Randwick an jenem Freitagabend vor Weihnachten.

Wie viel Zeit mir wohl bleibt, bis Frank nach Hause kommt?, fragte sie sich. Er wird wieder ordentlich was getankt haben, nehme ich an, schließlich ist es Freitagabend. Wahrscheinlich ist vor sieben nicht mit ihm zu rechnen, ich habe also genug Zeit für eine anständige Dusche. Im Schlafzimmer zog sie ihre verschwitzten Kleider aus; dann ging sie ins Bad und stellte die Brause an. Unter dem rauschenden Wasserstrahl verfiel sie alsbald in jenen Urzustand, jenen von unschuldiger Sinnlichkeit durchwobenen inneren Frieden, wie ihn nur das Eintauchen ins Wasser hervorzurufen vermag. Es dauerte eine geschlagene Viertelstunde, bis Patty die Hähne wieder zudrehte. Sie hatte ihr Haar gewaschen: Die Dauerwelle war fast ausgewachsen, sodass die Haare nun in schlaffen Strähnen ihr kleines Gesicht umrahmten. Als sie ins Schlafzimmer zurückkehrte, fiel ihr Blick auf das geheimnisvolle Päckchen mit dem neuen Nachtgewand. Ach ja, dachte sie, ich will es gleich einmal anprobieren, nur um zu schauen, wie es aussieht. Bedächtig zog sie das Nachthemd an.

Eine Zeit lang stand Patty vor dem großen Spiegel, der in die Schranktür eingelassen war, denn sie konnte gar nicht glauben, dass das, was ihr da entgegenblickte, sie selbst war. Meine Güte, rief sie sich in Gedanken zu: Meine Güte!

Soll mich doch der Teufel holen, dachte Frank, heute werde ich nicht wieder mit den Jungs in die Kneipe latschen und mir noch mehr von ihren bescheuerten Bälgern anhören. Das Thema geriet allmählich außer Kontrolle: Einige seiner Kumpel fingen sogar an, ihren Nachwuchs zu fotografieren: ›Das hier ist meine Cheryl – ein Lockenköpfchen, seht ihr? Das hat sie von mir …‹ Nein, davon wollte Frank nichts mehr hören, im Pub schon gar nicht, und so zog er an jenem Abend missmutig ab.

»Hab noch was vor. Bis Montag dann …«

Ohne einen weiteren Gedanken darauf zu verschwenden, landete er in einem anderen Pub gegenüber vom Hauptbahnhof, eine kleine Kaschemme, die ihm vor langer Zeit einmal aufgefallen war, als er zufällig vorbeikam. Er ging an die Theke und bestellte einen Whisky. Genau das brauche ich jetzt, dachte er, einen Whisky.

»'n Scotch oder 'n Australier?«, fragte das Barmädchen.

Kein Grund, total durchzudrehen, dachte Frank und antwortete: »'n Australier ist gut genug für mich.«

»Da ham' Se auch wieder recht«, sagte das Barmädchen und goss ihm ein.

Eigentlich ein passionierter Biertrinker, kippte er den Whisky schnell runter und sagte: »Noch einen!« Als er nach einiger Zeit wieder auf die Straße hinaustrat, gelang es ihm irgendwie, seine Haltestelle zu finden. Auf jener Linie verkehrte die berüchtigte »Sardinenbüchsentram«, und so wurde der von Whiskydunst und unartikuliertem Missbehagen umnebelte Frank auf der Heimfahrt kräftig durchgeschüttelt. Mal sehen, was es zum Abendessen gibt, dachte er.

Patty stand mit dem Rücken zur Schlafzimmertür. Als sich Franks Schlüssel im Schloss drehte, hätte sie es beinahe überhört. Das muss Frank sein, dachte sie vage. Ich zieh mir besser was Anständiges an. Und sie öffnete die Schranktür, um sich ihren Morgenmantel herauszuholen, und dabei kam ihr das noch immer nicht vertraute, in transparentes Schwarz gekleidete Spiegelbild sehr nahe. In diesem Moment erblickte sie hinter sich im Spiegel die Gestalt ihres Mannes, der in der Schlafzimmertür stand.

»Was machst du denn hier?«, wollte er wissen.

»Ich wollte … ich hole mir gerade meinen Morgenmantel«, sagte Patty.

»Schon fertig fürs Bett?«, fragte Frank, der Pattys Gewand jetzt ganz genau studierte. »Ist das nicht ein bisschen früh?«

»Nun, eigentlich nicht. Es ist neu. Ich habe es nur anprobiert. Ich zieh's gleich wieder aus.«

»Ich zieh's dir aus«, sagte Frank und kam auf Patty zu, die sich von Schrank und Spiegel abgewandt hatte. Ein paar Sekunden lang stand er ihr gegenüber. Dann legte er sehr behutsam seine Arme um ihre Taille, ergriff mit jeder Hand eine Seite des schwarzen Negligés und begann, es seiner Frau langsam über den noch feuchten Kopf zu ziehen. Patty spürte einen leichten Whiskyhauch in seinem Atem, sagte aber nichts. Schwungvoll warf Frank das Nachthemd beiseite, berührte Pattys Brust und wies mit einem angedeuteten Nicken auf das Bett. Zögernd begab sich Patty in die besagte Richtung. »Ich denke, ich zieh mich auch aus«, sagte Frank.

18

Ich glaube, ich werde Lisa bitten, morgen nach der Arbeit zu einem kleinen Lunch zu uns zu kommen«, sagte Magda zu Stefan. »Was hältst du davon? Möchtest du gerne ein kleines australisches Schulmädchen kennenlernen, ein Blaustrümpfchen ohne Stil und beileibe keine Schönheit, aber durchaus mit Charme, äußerst wohlerzogen und in gewisser Weise allerliebst in seiner Naivität?«

»Was hast du vor, meine liebe Magda?«, fragte ihr Ehemann. »Was brütest du aus in deinem balkanischen Hirn? Seit wann hast du diese Vorliebe für kleine Schulmädchen und noch dazu für eines, von dem du mir sagst, es sei nicht einmal hübsch, he?«

»Ich habe nicht gesagt, dass Lisa nicht hübsch ist, obwohl das eigentlich stimmt. Ich habe nur gesagt, sie ist keine Schönheit. Den Unterschied kennst du. Wäre sie hübsch, wäre meine Zuneigung zu ihr nicht größer. Tatsache ist jedoch, dass sie in absehbarer Zeit hübsch sein wird, denn ich werde dafür sorgen. Jeder junge Mensch kann hübsch sein, notfalls bedarf es eben einer gewissen Erfindungsgabe. Und jeder junge Mensch sollte hübsch sein, sonst ist das Jungsein eine Katastrophe oder zumindest Zeitverschwendung.«

»Aha! You are going to turn a sow's ear into a silk purse – du willst aus einem Aschenbrödel eine Prinzessin machen, wie?« Stefan lachte herzlich.

»Ja, lach nur, lach du nur« – Stefan lachte noch heftiger – »aber ich weiß gar nicht, was es da zu lachen gibt! Einmal in meinem Leben tue ich was Gutes. Was ist daran so komisch?«

»Wenn du das wüsstest, wär's nicht mehr komisch«, erwiderte Stefan kichernd. »Schon gut, schon gut, Magda, meine Schöne, hol dein Schulmädchen ruhig her, sofern diejenigen, die das Kind so wohl erzogen haben, dergleichen überhaupt zulassen, was ich bezweifle. Und ich versichere dir: Du hast meine volle Unterstützung. Du weißt ja, dass ich alles gutheiße, was am Ende Schönheit gebiert.«

»Ich habe nicht gesagt, dass ich eine Schönheit aus ihr machen werde«, sagte Magda. »Ich sprach von ›hübsch‹. Und jetzt mach aus mir keine größere Idiotin, als ich ohnehin schon bin.«

»Du bist überhaupt keine Idiotin«, sagte Stefan. »Aber dass du ›hübsch‹ gesagt hast, werde ich mir merken.«

»Sei doch nicht albern«, gab Magda zurück. »Und angenommen, sie darf kommen, dürfte ich dich in diesem Fall bitten, in dem feinen Lebensmittelgeschäft in Cremorne Junction für uns was Nettes einzukaufen? Ein Roggenbrot und etwas Schwarzbrot vielleicht, Sahnekäse – aber nur, wenn er ganz frisch ist – und guten Schinken …«

Stefan unterbrach sie. »Ich kann schon ohne Zettel einkaufen gehen, mein Engel. Aber ach!« Er klatschte sich mit der großen Hand an die Stirn. »Morgen kommt doch Rudi!«

»Stimmt«, sagte Magda. »Aber wir wissen nicht, wann. Höchstwahrscheinlich kommt er erst viel später – wer kann das bei Rudi schon voraussagen? Außerdem ist das doch völlig egal. Was bedeutet schon ein Ungar mehr oder weniger? Wir werden was essen, wir werden uns unterhalten, und wenn Rudi sich schlecht benimmt, mache ich mit Lisa einen Spaziergang. Das wird schon alles irgendwie gut gehen.«

Rudi war erst vor verhältnismäßig kurzer Zeit – nach dem Aufstand – nach Australien gekommen. Er war der Vetter der Frau eines ehemaligen Klienten von Stefan. Stefan arbeitete als Steuerberater in einer kleinen, aber sehr erfolgreichen Praxis, die ihre Kundschaft in den Immigrantenkreisen Sydneys fand. Nachdem der ehemalige Kunde, Rudis angeheirateter Vetter, vor ein paar Jahren nach Melbourne verzogen war, hatte auch Rudi zuerst versucht, in der Hauptstadt des Bundesstaates Victoria Fuß zu fassen. Er war dann aber bald zu dem Schluss gekommen, dass ihm Sydney wohl doch besser gefiel, und versuchte inzwischen, sich in den strahlenden blauen Weiten dieser Stadt eine Existenz aufzubauen. »Melbourne steht mir bis hier«, hatte er nach nur drei Monaten verkündet und mit der Hand eine Stelle etwa dreißig Zentimeter über seinem Kopf bezeichnet. Schon während seiner Erkundungsreise nach Sydney hatten Magda und Stefan sich mehrmals mit ihm getroffen, und als er schließlich mit Sack und Pack umzog, halfen sie ihm bei der Wohnungssuche, führten ihn in ihre Kreise ein und gewährten ihm auch sonstige moralische Unterstützung. Besonders notwendig schien diese allerdings gar nicht zu sein.

Das Problem der Arbeitssuche hatte sich bereits gelöst, zumindest vorläufig. Er sollte für den ehemaligen Partner des angeheirateten Vetters in dessen Import-Export-Geschäft arbeiten.

»Die Arbeit ist stumpfsinnig und schlecht bezahlt«, sagte der ehemalige Partner, »aber von meinem Bürofenster aus bietet sich ein wunderbarer Blick über Darling Harbour, und damit Sie ihn auch genießen können, gebe ich Ihnen maximal fünf Minuten pro Tag frei für beliebig viele Besuche bei mir mit entsprechendem Ausblick.«

»Wie kann man – wie könnte gar ich – einem so reizenden Angebot widerstehen?«, antwortete Rudi. »Sie können am ersten Januar mit mir rechnen.«

»Kommen Sie lieber erst am zweiten«, sagte sein künftiger Arbeitgeber. »Der erste ist hier offizieller Feiertag. Ich würde mich eines Gesetzesbruchs schuldig machen, ließe ich Sie da arbeiten.«

»Es sei denn, Sie würden mir den anderthalbfachen Lohn zahlen«, erwiderte Rudi.

»So ist es«, sagte sein Cicerone. »Also dann bis zum zweiten, Punkt neun.«

19

Als Fay am Freitagabend vor Weihnachten mit ihrer wohlgefüllten Lohntüte in der Handtasche das Kaufhaus Goode's durch den Personaleingang verließ, dachte sie bei sich: Ich sollte mir vielleicht was Neues zum Anziehen kaufen, das könnte mich unter Umständen ein bisschen aufheitern. Eine schreckliche Mattigkeit hatte sich ihrer bemächtigt. Wahrscheinlich ist es nur die Hitze, dachte sie, obwohl sie sich nicht daran erinnern konnte, dass ihr die Hitze jemals so zugesetzt hatte. Ich bin einfach etwas erschöpft und niedergeschlagen, sagte sie sich, nach Weihnachten geht's mir wieder besser. Dann fiel ihr ein, dass sie das Fest für eine Zumutung gehalten hatte, und sie fragte sich: Was ist denn bloß los mit mir? Sie versuchte, sich das vor ihr liegende Weihnachtsfest als etwas Schönes vorzustellen, auf das sie sich freuen konnte. Außer Myras Eltern würden am Weihnachtstag Myras Bruder und Myras Schwester kommen, beide mit Familie, die einen aus Penrith, die anderen aus Kurrajong. Nicht zuletzt, um in der Nähe ihrer Enkelkinder zu sein, hatten sich die Parkers für einen Alterssitz in den Blue Mountains entschieden. Na ja, dachte Fay, je mehr, je besser. Der Gedanke an die Rückfahrt im »Fish« hob ihre Stimmung noch ein wenig mehr. Ich sollte mir aber für den Weihnachtstag doch ein neues Kleid kaufen, das muntert mich noch ein bisschen auf, oder? Ach was, ich habe ja gar nicht mehr die Zeit, mich richtig umzusehen. Nein, dann spare ich mein Geld lieber für den Sommerschlussverkauf. Das Weißblaue wird schon gehen, es stammt ja erst aus der vergangenen Saison.

Fay hatte einen bemerkenswerten Entschluss gefasst: Sie hatte für das bevorstehende Wochenende alle vorgeschlagenen Aktivitäten abgesagt. (Die goldene Uhr hatte sie um ein Rendezvous gebeten. Ich weiß, dass er nur das eine will und sonst gar nichts, hatte sie zu Myra gesagt. Myra selbst hatte sie zu einer Party mitnehmen wollen.) Nein, sie wollte daheim bleiben und überhaupt nichts anderes tun als die Wäsche machen, die Wohnung säubern, ihre Haare waschen und eindrehen, eine Illustrierte – *The Women's Weekly* – lesen und, wenn danach noch Zeit war, vielleicht ein Buch. Das Buch hatte sie dabei – Lisa hatte es ihr geliehen. Das Mädchen hatte es in der Kantine gelesen und auf ihre Frage, ob es denn ein gutes Buch sei, ganz begeistert geantwortet, es sei wunderbar. Ich bin gleich fertig damit. Soll ich es Ihnen ausleihen? Ja, okay, warum nicht, hatte Fay erwidert, um nicht unhöflich zu erscheinen, wie heißt es denn? *Anna Karenina,* hatte Lisa gesagt und es hochgehalten, sodass Fay den Titel auf dem Einband lesen konnte.

20

Lisa«, sagte Fay, »ich glaube, Magda möchte Sie sprechen.«

Tatsächlich hatte Magda mit ihren großen Augen beredte Signale über die wenigen Meter Zwischenraum gesandt, die die Modell- von den Cocktailkleidern trennten. Lisa warf einen Blick über den Abgrund, sah, dass Magda sie herbeiwinkte, und huschte hinüber. Hatte sie gestern die ihr zugewiesene Aufgabe nicht erfüllt? Der Gedanke an die frostigen Mienen, die Mrs Williams gewiss, vermutlich aber auch Miss Jacobs und sogar Miss Baines aufsetzen würden, wenn sie sie an diesem arbeitsreichsten aller Vormittage wieder im Stich ließ, war ihr unbehaglich.

»Lisa, meine Gute«, sagte Magda. »Ich will Sie nicht lange aufhalten, sondern Sie nur zu einem kleinen Imbiss einladen, sofern Sie heute nichts Angenehmeres zu tun haben. Ich habe meinem Mann so viel von Ihnen erzählt, dass er Sie unbedingt kennenlernen möchte. Es wird ein ganz einfaches Mahl sein – die *Haute Cuisine* wollen wir an einem Sonnabend nicht bemühen. Wir haben eine lange Woche hinter uns, da gibt's ein bisschen Wurst, ein Gläschen Wein, ein paar Kirschen. Bitte, seien Sie so gut und beehren Sie uns mit Ihrer Anwesenheit!«

Lisa war vollkommen überrascht. Sie stotterte. »Ich … ich muss meine Mutter fragen«, sagte sie. »Ich meine, ich muss es ihr sagen.«

»Aber natürlich!«, rief Magda. »Daran habe ich auch schon gedacht. Hier sind ein paar Pennys, ich habe für den Notfall immer ein paar in meiner Schreibtischschublade liegen. Laufen Sie jetzt schnell rüber zu den Telefonzellen, rufen Sie Ihre Mutter an und bitten Sie sie um Erlaubnis. Sie wissen ja, dass wir in Mosman wohnen, von dort aus finden Sie doch leicht nach Hause, oder? Es ist ja gar nicht so weit. Aber jetzt flott, die Damen werden davon gar nichts mitbekommen, und lassen Sie mich wissen, was Ihre Frau Mutter sagt. Und versichern Sie sie zuvor meiner Wertschätzung!«

Fay sah die beiden miteinander sprechen, konnte aber nichts verstehen. Diese Magda war eine ebenso fürchterliche wie faszinierende Person – nur schien Lisa sie gar nicht so fürchterlich zu finden, im Gegenteil, sie schien sich in Magdas Nähe sogar ganz wohlzufühlen. Jedenfalls kehrte sie immer, wenn ihre Zeit bei den Modellkleidern vorüber war, in einer Art freudiger Erregung zurück.

»Da gibt es Kleider aus Paris«, hatte sie ihnen berichtet, »und aus London – wunderschön, die schönsten, die man sich denken kann. Sie sollten sie sich einmal ansehen. Magda hat nichts dagegen.« Als ob die Kolleginnen das jemals tun würden!

»Ich will keine Kleider aus Paris und London sehen«, sagte Patty Williams. »Ich habe schon genug zu tun mit den Kleidern aus Sydney und Melbourne.«

Fay, die sich nach dieser Bemerkung jeden eigenen Kommentar verkniff, dachte bei sich: O Gott, ja, ich würde mir diese Kleider wirklich gerne einmal ansehen. Irgendwann tu ich's bestimmt auch, früher oder später. Vielleicht sehen sie aus wie die Kleider in den Illustrierten, mein Gott, allein die Vorstellung, ich könnte ein Kleid haben, das in einer Illustrierten abgebildet ist …

»Wir springen an der Elizabeth Street in eine Straßenbahn und fahren zum Quay«, sagte Magda zu Lisa, als sie Goode's um 12.35 Uhr verließen. »Ich habe keine Lust, lange zu laufen. Kommen Sie!«

Lisa hatte bisher nur selten die Gelegenheit gehabt, mit der Fähre zu fahren, und wenn sie das herrliche Gefühl dieses Erlebnisses je gekannt hatte, so war es inzwischen längst vergessen. »Wir setzen uns natürlich ins Freie«, sagte Magda und eilte die Treppe zum Oberdeck hinauf, »hier oben, mit der Sonne im Rücken! Uff! Was könnte schöner sein?« Ihr Blick schweifte über den Hafen, den Himmel, die Brücke, Pinchgut, das märchenhafte Küstengestade, das ganze glitzernde Panorama. Trunken von dem Spektakel, dem wahnsinnigen Stampfen des großen Schiffsmotors, dem seltsamen Reiz des Geruchs nach Maschinenöl, von dem hölzernen Boot mit seiner Fracht aus glücklichen Passagieren bequem hinübergetragen über das funkelnde Wasser, das Haar durchblasen von der salzigen Brise – Lisa hatte das Gefühl, nicht mehr nur auf der Schwelle zu stehen, sondern urplötzlich ins richtige Leben hineinkatapultiert zu werden und – endlich! – das Kind Lesley weit, weit hinter sich zu lassen.

»Ist das nicht wunderschön?«, rief sie aus. »Ist das nicht großartig? Ich bin so glücklich!«

Magda drehte sich zu ihr um und strahlte sie an. »Das ist gut«, sagte sie. »Seien Sie nur glücklich – Ihr Leben lang!« Und sie küsste Lisa auf die Wange. Lisa lächelte scheu zurück.

Ich hab ja schon mal gehört, dachte sie, dass diese

Europäer sich viel mehr küssen als wir. Das hat nichts zu sagen. Sie küssen sich dauernd, selbst die Männer. Sogar die Männer küssen sich. Aber was ist das für ein eigenartiges Gefühl!

21

Hier sind wir endlich!«, rief Magda und öffnete die Eingangstür, wobei unklar blieb, ob diese Bemerkung Lisa oder Stefan gegolten hatte.

Nach kurzem Fußmarsch vom Anleger her betrat Lisa eine Wohnung im obersten Stockwerk einer weitläufigen Villa im Gründerzeitstil, von der aus sich ein umfassender Blick über die Mosman Bay bot. Die Wohnungstür führte übergangslos in das geräumige Wohnzimmer, durch dessen große Fenster helles Licht hereinflutete; zur Linken war ein kleiner Ausschnitt der Küche zu sehen, zur Rechten enthüllte eine halb offen stehende Tür ein kleines Dreieck von einem Raum, bei dem es sich möglicherweise um ein Schlafzimmer handelte. Dann erblickte Lisa unweit der Küchentür einen großen, runden Tisch, der mit allerlei Essbarem bedeckt war. Daneben stand ein hochgewachsener Mann mit dunklem, gewelltem Haar und strahlenden, haselnussbraunen Augen. Er begrüßte die beiden Frauen mit einem herzlichen Lächeln; seine Hand wies mit einer einladenden Geste auf den Tisch.

»Seht her, was ich für euch mithilfe meiner außergewöhnlichen Kräfte herbeigezaubert habe«, sagte er.

»Deine außergewöhnlichen Kräfte behalt jetzt mal für dich«, sagte Magda. »Komm lieber her und begrüße Lisa. Lisa, darf ich Ihnen meinen Ehemann vorstellen?

Er heißt Stefan Szombathelyi und ist Ungar, wenn auch leider kein Graf. Aber man kann nicht alles haben.«

Stefan lächelte Lisa an, richtete sich zu voller Länge auf, schlug die Hacken zusammen, verneigte sich, ergriff ihre Hand und küsste sie. »Bin ganz entzückt, Ihre Bekanntschaft zu machen«, sagte er und gab ihre Hand wieder frei. Lisa war nicht direkt errötet, wirkte aber doch ziemlich verlegen.

»Stören Sie sich nicht daran, Lisa«, sagte Magda. »Sie haben doch sicher schon gehört, dass wir Europäer alle und jeden küssen – und das andauernd.«

Sie lachten alle drei, besonders aber Lisa.

»Nun werde ich mich dieser schauderhaften schwarzen Garderobe entledigen«, sagte Magda, »und dann können wir essen. Ich habe einen Bärenhunger, muss ich gestehen. Entschuldigt mich einen Moment. Stefan, gib doch Lisa bitte ein Glas Wein.«

Wieder lächelte Stefan das Mädchen freundlich an. Sie ist doch gar nicht so übel, dachte er. Nein, nicht hübsch, aber sicher entwicklungsfähig. Sehr dünn, gewiss, aber das war garantiert besser als sehr dick.

»Möchten Sie lieber Wein oder lieber Limonade? Ich habe für alle Fälle welche gekauft. Ein vergnügliches Getränk, finden Sie nicht auch? Wein kann auf seine Weise allerdings auch recht vergnüglich sein. Sagen Sie mir, was Sie möchten.«

»Ich denke, ich trinke lieber Limonade«, sagte Lisa. »Wein trinke ich normalerweise nicht.« Tatsache war, dass sie in ihrem ganzen Leben noch keinen einzigen Tropfen von diesem Getränk zu sich genommen hatte.

»Ausgezeichnet«, sagte Stefan. »Ich hole Limonade, sie

steht im Kühlschrank. Warme Limonade ist alles andere als vergnüglich.«

Als Stefan verschwand, kehrte Magda zurück; sie trug jetzt sehr kleidsame rote Leinenhosen. »Und nun was zu futtern!«, rief sie, rieb sich die Hände und ging zum Tisch. »Was hat er denn alles für uns eingekauft? Kommen Sie, Lisa, so nehmen Sie doch Platz. Und bedienen Sie sich bitte selbst. Ich werde ein paar Scheiben Brot abschneiden. Mögen Sie Roggenbrot? Dies hier ist sehr gut. Und nehmen Sie dazu, was Ihnen schmeckt. Auf diesem Teller hier sind verschiedene Käsesorten, hmmm, ja, und da ist Schinken, Pastete – die kann ich wirklich sehr empfehlen, oder probieren Sie gleich mal die Salami. Wie ich sehe, hat er uns auch einen Salat gemacht – davon müssen Sie etwas essen, der tut Ihnen sicher gut! Stefan, schenk mir ein Glas Wein ein, ich bitte dich.«

Lisa, die ganz benommen war angesichts der vielen unbekannten Köstlichkeiten vor ihr auf dem Tisch, nahm sich winzige Portionen von diesem und jenem. Nicht eine dieser Speisen war ihr bislang je untergekommen. Sie wäre glücklich und zufrieden gewesen, langsam und ganz für sich allein von jeder einzelnen zu kosten, doch lenkte sie ihr Gastgeber schon bald von ihrer überschäumenden Esslust ab.

»Magda erzählte mir, dass Sie gerade mit der Schule fertig sind, Lisa«, sagte Stefan.

»Ja, ich habe gerade das Abitur hinter mir.«

»Oho!«, rief Stefan aus. »Das Abitur! Dann sind Sie also sehr klug!«

»Das weiß ich noch nicht«, gab Lisa zurück. »Ich warte noch auf die Ergebnisse.«

»Das ist eine clevere Antwort«, sagte Stefan, »weshalb ich glaube, dass Sie den Ergebnissen mit einiger Zuversicht entgegensehen können. Wann erfahren Sie sie denn?«

»Sie kommen in ungefähr drei Wochen raus«, sagte Lisa.

»Und dann?«, fragte Stefan. »Wollen Sie studieren?«

»Oh, ich weiß es noch nicht«, sagte Lisa, die bei dieser Frage unversehens der Gedanke quälte, dass aus dem Studium möglicherweise nichts werden könnte. »Solange ich die Ergebnisse nicht kenne, versuche ich, noch gar nicht daran zu denken.«

»Sie hat völlig recht, Stefan«, mischte sich Magda ein. »Es bringt gar nichts, wenn du sie jetzt dazu verleitest, sich über Unabsehbares den Kopf zu zerbrechen. Es gibt genug konkrete Dinge, mit denen sie sich beschäftigen muss. Sie hat einen Job, Weihnachten steht vor der Tür, und dann kommt auch noch der schauderhafte Schlussverkauf. Sie lebt in der Gegenwart.«

»Sagen Sie mal, Lisa«, fragte Stefan. »Lesen Sie gerne Romane?«

»O ja!«, rief Lisa.

»Und welchen lesen Sie zurzeit?«

»Ich bin gerade mit *Anna Karenina* fertig geworden«, sagte Lisa, »und kann mich nicht entscheiden, was ich als Nächstes lesen soll. Es gibt so viele Bücher!«

»Wie wahr«, stimmte Stefan zu. »Und es werden immer mehr, das kann ich Ihnen versichern. Eigenartig. Aber wie hat Ihnen Anna gefallen?«

»Ich bin begeistert. Das Buch ist phantastisch.«

»Ich kann gut verstehen, dass Ihnen die Wahl der nächsten Lektüre nicht leichtfällt«, sagte Stefan. »Am besten vielleicht was ganz anderes. Wie wär's mit einem Buch über eine andere Frau – vielleicht *Emma*. Oder kennen Sie das schon?«

»Nein, bisher noch nicht.«

»Dann ist die Frage ja geklärt«, sagte Stefan. »Jane Austen, das versichere ich Ihnen, ist ein ebenso großes Genie wie Tolstoi, egal, was über sie gesagt wird. Ich bin gespannt auf Ihr Urteil, lassen Sie es mich wissen, wenn Sie so weit sind.«

Lisa lächelte glücklich. So hatte bisher noch niemand mit ihr gesprochen. »Ja, gerne«, sagte sie.

Magda unterbrach ihre Unterhaltung. »Gibt es denn keinen Nachtisch?«, fragte sie. »Kein Obst?«

»Doch, doch, ich hole es«, sagte Stefan.

»Und setz doch auch gleich Kaffee auf«, fügte Magda hinzu.

»Auch das, sofort.« Stefan ging in die Küche und kehrte mit einer Ananas zurück.

»Aha! Das wird aber eine feuchte Angelegenheit«, sagte Magda. »Haben Sie etwas dagegen, Lisa? Stecken Sie sich auf jeden Fall eine Serviette unters Kinn, der Saft läuft überall hin.«

Stefan schnitt die Ananas auf. Sie kauten und tropften einträchtig vor sich hin, als plötzlich die Türklingel schellte.

Magda blickte auf, die großen Augen weit aufgerissen. »Das wird Rudi sein!«, rief sie. »Dieses Timing! Das macht ihm keiner so schnell nach.«

22

Stefan öffnete die Tür und ließ den neuen Gast herein. Als Lisa sich umdrehte, erblickte sie einen drahtigen, sehr gutaussehenden Mann von etwa fünfunddreißig Jahren.

»Stefan, mein alter Junge!«, rief er aus. »Und Magda, meine junge Dame! Ich hoffe doch, dass ich nicht zu spät komme. Oder zu früh! Wie geht es euch? Ich habe euch einen Kuchen mitgebracht.« Er küsste Magda auf beide Wangen und überreichte ihr eine große, flache Schachtel.

»Das ist aber sehr nett von dir«, sagte Magda. »Der Kuchen kommt gerade richtig – der Kaffee müsste nämlich gleich fertig sein. Hast du schon gegessen, Rudi? Wir haben noch eine Menge übrig. Doch verzeihen Sie mir, Lisa. Darf ich Ihnen Rudi Jánosi vorstellen? Er ist erst vor Kurzem nach Sydney gekommen und möchte hier leben, obwohl wir gegenwärtig noch nicht genau wissen, wo. Rudi, das hier ist meine Kollegin Lisa Miles.«

»Guten Tag«, sagte Rudi höflich.

»Setz dich und iss was, wenn dir der Sinn danach steht«, forderte Magda ihn auf.

»Nein, danke, ich hatte schon eine Kleinigkeit«, sagte Rudi.

»Dann setzen wir uns lieber rüber«, sagte Magda, »da ist es bequemer. Wenn Sie mit Ihrer Ananas fertig sind, Lisa, setzen wir uns aufs Sofa, dann gibt es Kaffee und

Kuchen. Nehmt Platz, nehmt alle Platz! Uff! Aber zuerst muss ich eine rauchen.«

Sie öffnete eine silberne Dose und entnahm ihr eine Zigarette. Stefan, der gerade mit der Kaffeekanne und einigen Tassen aus der Küche kam, setzte das Tablett ab und gab Magda Feuer. »So, Rudi«, sagte er, »wir unterhielten uns gerade über Jane Austen. Was hältst du von ihr?«

»Ich muss mir meine Meinung erst noch bilden«, sagte Rudi, »denn bisher habe ich noch kein Wort von ihr gelesen.«

»Aha, ein Philister«, sagte Stefan. »Ich wollte schon immer mal einen kennenlernen.«

»Die Wahrheit ist«, sagte Rudi, »dass ich Charles Dickens verfallen bin. Welch ein Grauen! Welch ein Humor! Er ist auf Englisch so viel besser als auf Ungarisch, dass ich alles, was ich vor langer Zeit gelesen habe, jetzt noch einmal lese. Es macht ungeheuren Spaß.«

»In meiner Sprache habe ich Dickens nie gelesen«, sagte Magda, »obwohl es das wahrscheinlich auch gibt. Jedenfalls sind seine Bücher nach wie vor unglaublich dick. Dafür fehlt mir die Zeit.«

»Magda ist eher für die *Vogue* zu haben«, sagte Stefan.

»Und für Agatha Christie«, ergänzte Magda. »Aber erzähl uns doch, Rudi, hast du schon eine Wohnung gefunden oder noch nicht?«

»Ich habe mir schon ein paar Angebote angesehen. Das Hauptproblem ist allerdings, ob ich mich für diese Seite des Hafens entscheiden soll oder für die andere. Das ist schwierig, solange ich nicht weiß, wo meine Freundin wohnt.«

»Welche Freundin denn?«, fragte Magda.

»Nun, wie du siehst, kenne ich sie noch gar nicht«, sagte Rudi, »aber ich werde sie sehr bald kennenlernen – und dann möchte ich nicht unbedingt auf der anderen Hafenseite wohnen. Das wäre doch idiotisch – und Zeitverschwendung obendrein. Das ist das Problem, wisst ihr.«

»Das stimmt, je eher du sie kennenlernst, desto besser«, meinte Stefan. »Du kannst schließlich nicht ewig bei Benedek wohnen.«

»Vielleicht sollten wir mal eine Party veranstalten«, sagte Magda. »Eine Silvesterparty. Ich spiele schon länger mit dem Gedanken. Was hältst du davon, Stefan?«

»Absolut dafür. Mir ist alles recht, was Rudi eine Freundin und eine Wohnung verschafft. Schmeißen wir also eine Party!«

»Nur – so wahnsinnig viele Mädchen kennen wir auch nicht«, gab Magda zu bedenken. »Ich muss mal scharf überlegen. Lisa hier ist natürlich nicht nur zu jung, sondern auch viel zu klug und zu nett für dich, obwohl ich hoffe, dass sie – falls sie darf – trotzdem kommen wird.«

Lisa war ganz Feuer und Flamme. »O ja, ich würde gerne kommen«, sagte sie.

»Mögen Sie Partys?«, fragte Rudi. »Ich hoffe, Sie werden mir zumindest einen Tanz nicht versagen, auch wenn ich zu alt, zu dumm und nicht nett genug bin.«

Lisa lachte und stimmte zu. Ja, dachte sie, das ist das wahre Leben!

»Wir haben den Kuchen vergessen!«, rief Magda. »Kommt, jetzt wollen wir Kuchen essen.«

»Na, wie schmeckt er?«, wollte Rudi von Lisa wissen. »Eines muss man sagen: In Melbourne, wo ich so elend dahinvegetiert habe, gibt es zumindest eine ganze Reihe von Konditoreien, die erheblich besser waren als die hiesigen.«

»In Melbourne brauchen sie den Kuchen dringender, weil sie ja sonst kaum was haben«, sagte Stefan.

»Richtig«, sagte Rudi. »Ein tristes Nest – und, nebenbei bemerkt, nicht einmal eine richtige Stadt, obwohl alle so tun als ob. Sie kennen ja nicht einmal den Unterschied. Sydney ist ganz zweifellos eine Stadt, wohingegen Melbourne … Na gut, es gibt ein paar ernstzunehmende Gemälde in der Galerie, aber sonst nichts, was zu einer echten Stadt gehört. Den Kuchen natürlich ausgenommen.«

»Hier dagegen ist nicht nur der Kuchen minderwertig«, sagte Stefan, »sondern auch die Kunstgalerie ein Witz.«

»Ja, aber ein Witz, der exzellenten Geschmack verrät«, erwiderte Rudi. »Oder sind Sie anderer Meinung, Lisa?«

»Ich war noch nie dort«, gab Lisa zu.

»Du verstehst, was ich damit sagen will«, sagte Rudi zu Stefan und wandte sich wieder an Lisa. »Geben Sie mir doch die Ehre, mich einmal dorthin zu begleiten. Ein Besuch lohnt sich allemal.«

Magda entschied, dass Rudi nun lange genug Lisa mit seinen leichten Galanterien den Kopf verdreht hatte, und sprang auf. »Kommen Sie, Lisa«, sagte sie, »lassen wir die beiden eine Zeit lang Ungarisch miteinander sprechen, die armen Kerle. Machen wir unterdessen einen Spaziergang, was nach so viel Kuchen ohnehin empfehlenswert ist. Außerdem darf ich Sie nicht allzu lange Ihrer Mutter vorenthalten. Aber zuerst machen wir uns ein wenig zurecht.« Sie ging ins Schlafzimmer, und Lisa folgte ihr.

Magda setzte sich an eine große, altmodisch aussehende Frisierkommode mit einem dreiteiligen Spiegel, und Lisa stellte sich unsicher hinter sie. »Setzen Sie sich mal hier hin«, sagte Magda und rückte auf dem breiten, niedrigen Hocker ein Stück beiseite. »Er ist groß genug für uns beide. Sie können diesen Kamm hier benutzen. Er ist ganz sauber.«

Lisa begann, ihre Haare zu kämmen.

»Wissen Sie was?«, fuhr Magda fort. »Mich würde interessieren, wie Sie aussehen, wenn der Scheitel hier wäre.« Sie nahm ihr den Kamm aus der Hand. »Aber nehmen Sie die Brille ab, sie stört dabei ein bisschen.«

Lisa tat, wie ihr geheißen, und nahm die Brille in die Hand, während Magda den neuen Scheitel auf ihrer schmalen Stirn ein gutes Stück weiter seitwärts zog und das Haar durchkämmte. »Das gefällt mir sehr gut!«, sagte Magda. »Aber sehen Sie selbst!«

Lisa starrte in den Spiegel.

»Können Sie ohne Brille genug sehen?«, fragte Magda.

»O ja«, sagte Lisa. »Eigentlich brauche ich sie nur zum Lesen.«

»Und warum tragen Sie sie dann dauernd?«

»Wahrscheinlich, weil ich dauernd lese!«

»Na, dann müssen wir Ihnen eben eine andere Beschäftigung suchen«, sagte Magda. »Und bis dahin verzichten Sie eine Weile darauf, das ist mal was Neues. Sehen Sie sich noch einmal ganz genau an. Gefallen Sie sich?«

Lisa blickte in den Spiegel. Ein fremdes, aber interessantes Bild bot sich ihr. Sie lächelte verlegen.

»Ein bisschen Lippenstift, würde ich sagen«, murmelte Magda, zog eine Schublade auf und kramte darin herum. »Ihr eigener ist fast total verwischt, und außerdem gefällt Ihnen vielleicht eine andere Farbe besser.« Dein eigener taugt nämlich nichts, dachte sie insgeheim. »Hier, probieren Sie den mal. Ein hübsches Pink, ausgesprochen passend für eine *jeune fille* …« Keine Ahnung, was der hier zu suchen hat, dachte sie, meine Farbe ist das nicht. Lisa schminkte sich die Lippen.

»Abtupfen!«, kommandierte Magda, reichte ihr ein Papiertaschentuch, warf es kurz darauf in einen Abfalleimer und betrachtete Lisas Spiegelbild. »Mit dem Make-up für die Augen werden wir auch was ausprobieren, ein andermal vielleicht«, sagte sie. »Sie haben hübsche Augen. Interessante Farbe.« Lisas Augen waren jetzt gut zu sehen, die Iris blau mit einem Schatten von Grau, das Weiße hübsch und klar. »Stellen Sie sich mal dahinten hin«, sagte Magda und scheuchte Lisa mit der Hand Richtung Bett. »Ich muss den Gesamteindruck sehen. Hmmmm …«

Lisa trug einen ihrer gerafften Röcke und eine weiße Batistbluse. Ihr Gesicht wirkte jetzt nicht nur wacher, sondern auch schärfer konturiert.

»Wie schlank Sie sind!«, sagte Magda. »Und wie sehr ich Sie darum beneide! Sie sollten eigentlich das Beste daraus machen und immer einen Gürtel tragen. Ich habe so viele davon – rund wie ich bin. Vielleicht habe ich sogar einen da, der Ihnen stehen würde. Schauen Sie doch mal in dem Schrank da drüben, ja, nur Mut, da springt Ihnen schon kein Skelett entgegen!«

Lisa öffnete die Tür und sah ungefähr ein Dutzend Gürtel an einer Kleiderstange hängen. Magda beobachtete sie. »Probieren Sie den braunen aus Leder, der wird zu Ihren Sandalen passen.«

Lisa nahm den Gürtel heraus und legte ihn an.

»Enger«, sagte Magda. »Nehmen Sie das letzte Loch.«

»Hab ich schon«, sagte Lisa.

»Dann machen wir eben noch eines dazu«, sagte Magda. »Kommen Sie mal her.« Sie fingerte herum, fand eine Nagelschere und bohrte ein zusätzliches Loch in den Gürtel. »So, jetzt …«

Der Gürtel – natürlich von hochwertiger Qualität – bewirkte in Lisas Erscheinung eine gründliche Veränderung. »*Ça va*«, sagte Magda, »*très bien*. Ich trage diesen Gürtel kaum – Sie können ihn im Grunde gleich behalten. Auf jeden Fall steht er Ihnen viel besser als mir. Eine fünfundfünfziger Taille, wie herrlich! Und den Lippenstift stecken Sie auch gleich ein, das ist genau die richtige Farbe für Sie. Werfen Sie den anderen weg. Nichts ist so ungünstig wie eine falsche Farbe. So sehen Sie wirklich hübsch aus, und mit ein bisschen Erfahrung werden Sie bezaubernd aussehen. Wir Frauen brauchen alle Waffen, die uns zu Gebote stehen, um mit den Rudis dieser Welt zurechtzukommen – und ich kann Ihnen versichern, dass da in den nächsten Jahren eine ganze Menge auf Sie zukommen wird.«

So froh Lisa insgeheim über ihr verändertes Erscheinungsbild war, so fühlte sie sich doch andererseits furchtbar befangen. Verzweifelt suchte sie nach einem Gesprächsthema, das Magda von ihrer Person ablenken würde. »Ich dachte, Mrs Szombathelyi, Sie wären Ungarin«, sagte sie schüchtern, »aber Sie sprechen über Ungarn, als seien Sie das doch nicht.«

»Ich?«, rief Magda aus. »Erstens bin ich für meine Freunde nicht ›Mrs Szombathelyi‹, sondern ›Magda‹ und ›du‹, okay? Das wollte ich dir nämlich schon lange sagen. Und zweitens bin ich Slowenin.« Sie unterstrich die dramatische Betonung des Wortes noch dadurch, dass sie, während sie es aussprach, die Augen weit aufriss. »Ich glaube allerdings nicht, dass du weißt, wo Slowenien liegt«, fuhr sie fort und begann, sich die Haare zu kämmen.

»Doch, doch, das weiß ich!«, erwiderte Lisa eifrig. »Slowenien ist ein Teil Jugoslawiens.«

»Mein Gott!«, rief Magda. »Dann bist du wahrhaftig ein Genie, wenn du das weißt. Bisher ist mir noch kein einziger Australier begegnet, der davon auch nur gehört hat.«

»Wir haben die Balkanstaaten in der Schule durchgenommen«, erklärte Lisa, »im Zusammenhang mit den Ursachen des Ersten Weltkriegs, im Geschichtsunterricht. Auch in der schriftlichen Abiturprüfung wurde danach gefragt. Ich habe alles beantworten können.«

»Du verblüffst mich geradezu«, sagte Magda. »Ich hatte schon recht, als ich dir den Gürtel schenkte … Du kennst also Slowenien! Nun, vielleicht erzähle ich dir später ein bisschen mehr darüber, aber nicht jetzt. Wir wollen lieber spazieren gehen. Die Umgebung ist sehr hübsch und wird dir gefallen. Präsentieren wir uns nur noch schnell den Herren aus Ungarn, bevor wir gehen.«

Die beiden Frauen verabschiedeten sich. Lisa freute sich über Rudis nochmalige Einladung: »Wir sehen uns ja dann auf der Party wieder, die Magda und Stefan in weiser Voraussicht mir zu Ehren veranstalten wollen«, sagte er, »und dann werden wir uns zu einem Besuch der Kunstgalerie verabreden, einverstanden? Ich freue mich schon darauf. Es ist niemals zu früh, den persönlichen Humor zu kultivieren: Wenn ich Sie in die Kunstgalerie des Staates New South Wales einführen darf, war mein Leben nicht umsonst.«

23

Patty hatte von Lisas ungewöhnlichem Treffen mit Magda keine Notiz genommen, obwohl es einer jener Vorfälle war, die ihr unter normalen Umständen Anlass für eine sarkastische Bemerkung geboten hätten. Überhaupt war Patty an diesem Samstagvormittag irgendwie seltsam, was Fay natürlich nicht entging. Dass sie kein Wort über Frank und eventuelle Pläne fürs Wochenende äußerte, kam Fay insofern entgegen, als ja auch sie sich noch nicht im Klaren über ihre eigene Wochenendgestaltung war. So erledigten die beiden Frauen ihre Arbeit in einer Atmosphäre ungewöhnlicher Zurückhaltung, wobei Patty Fays Zurückhaltung gar nicht bemerkte, und Fay sich nicht ein einziges Mal fragte, welcher Art die stillen Gedanken waren, die Patty offensichtlich beschäftigten.

Es war gnädigerweise ein wenig kühler an jenem Vormittag; eine frische Brise wehte, und selbst noch gegen Mittag, als sie den Heimweg antrat, empfand Patty den Sonnenschein eher als angenehm denn als bedrückend. Leichten Herzens sprang sie in ihre Straßenbahn – nicht einmal einem Samstagvormittag bei den Cocktailkleidern war es gelungen, jene seltsamen Gefühle gänzlich zu vertreiben, die seit den Ereignissen des vergangenen Abends von ihr Besitz ergriffen hatten. Allerdings war dieses angenehme, ja geheimnisvolle Gefühl der Auflösung, des

Übergangs in ein anderes Element, vermischt mit einem Schauer der Angst oder gar der Vorahnung.

Nie zuvor hatte Frank sich so verhalten wie letzte Nacht, nicht einmal während ihrer gemeinsamen Hochzeitsreise. Nie zuvor hatte Patty solch eigenartige Empfindungen verspürt wie jetzt, nie zuvor hatte sie in der Straßenbahn gesessen und das Gefühl gehabt, als sei sie soeben in ein Geheimnis eingeweiht worden – ein so seltenes Geheimnis freilich, dass es nicht in Worte zu fassen war. So selten, dass man es nicht erwähnen, ja, nicht einmal darauf anspielen konnte, denn es war ausschließlich ihr und Franks Eigentum. Und der Gedanke, dass es das Einzige sein könnte, was sie verband, gehörte zu den Aspekten, die Patty eher Furcht einflößten, denn bis dahin hatten sie noch nie ein gemeinsames Geheimnis gehabt. Ihr Verhältnis zueinander war dadurch anders geworden. Patty waren all diese Dinge gar nicht so bewusst, aber dennoch sah sie der Wiederbegegnung mit Frank halb angstvoll, halb erregt entgegen, mit einem lebendigen, munteren Frank, der genau wusste, was er tat, und wieder aufgewacht war aus dem Tiefschlaf, in dem sie ihn am Morgen zurückgelassen hatte, als sie zur Arbeit ging. Wie würde er sich verhalten, was würde er sagen? Ihre erste Begegnung in dieser neuen, veränderten Welt stand bevor. Patty ging von der Straßenbahnhaltestelle nach Hause. Eine Mischung aus Sehnsucht und banger Erwartung hatte sich ihrer bemächtigt und machte sie leicht schwindeln, und als sie die Haustür öffnete, spürte sie, dass ihr Herz schneller schlug.

Im Haus herrschte eine Stille, die unter den gegebenen Umständen etwas Unheilverkündendes hatte, und einen schrecklichen Augenblick lang erwartete Patty schon, dass Frank plötzlich wie ein Unhold irgendwo hinter einem Möbelstück hervorspringen und sich auf sie stürzen würde. Doch wo war er nur, ausgerechnet heute? War es wirklich möglich, dass er ausgerechnet heute ausgegangen war und sie in ein leeres Haus zurückkehren ließ; dass er sie allein ließ in diesem seltsamen Gefühlschaos, einsam ließ im Besitz ihres gemeinsamen Geheimnisses? Nein, das war doch kaum möglich. Sie warf einen Blick ins Schlafzimmer: Es war ebenfalls leer, das Bett ungemacht.

Langsam, noch immer wie vor den Kopf geschlagen, noch immer rätselnd, ging sie in die Küche, um danach, langsamer noch, das ganze Haus zu durchstreifen. Es stieß sie ab mit seiner Stille; sie war tatsächlich ganz allein. Patty kehrte in die Küche zurück, setzte sich hin und verfiel in ein dumpfes Grübeln, während das seltsame Lustgefühl allmählich verflog und nur noch die Furcht übrig blieb. Als Frank auch zur üblichen Abendbrotzeit noch nicht zurückgekehrt war, wurden ihre Ängste immer schlimmer und schlimmer, und als sie dann endlich zu Bett ging, war sie wie betäubt – doch sie konnte kein Auge zutun.

24

Das Wasser in der Bucht hatte ein tiefes, dunkles Blau angenommen, als Magda in ihre Wohnung zurückkehrte: Süß und sanft, wie in jenen Breiten üblich, starb der Nachmittag.

Stefan erbot sich, Tee aufzusetzen.

»Na, war er schön, euer Spaziergang?«, fragte Rudi, der sich offensichtlich bereits auf einen gemeinsamen Abend eingestellt hatte. »Wollen wir ins Konzert gehen? Im Konservatorium findet ein Kammermusikabend statt.«

»Du und deine Kultur«, sagte Magda. »Ich hätte eher Lust auf einen Film. Aber das können wir später noch entscheiden. Ich muss jetzt erst einmal Lisas Mutter anrufen und ihr sagen, dass ihre Tochter auf dem Heimweg ist. Wir sind viel weiter gegangen, als wir ursprünglich vorhatten. Kann sein, dass sie sich schon Sorgen macht.«

Magda ging ins Schlafzimmer und telefonierte. Ein paar Minuten später war sie wieder zurück. »Komisch«, sagte sie, »die Frau kennt offenbar den Namen ihres eigenen Kindes nicht. ›Lesley‹ spricht sie ihn aus. Dieses Australisch ist wirklich eine bizarre Sprache.«

»Ja – und ich muss sagen, nicht gerade das Englisch, das ich eines Tages meine eigenen Kinder sprechen hören möchte«, sagte Rudi.

»Was in der Tat ein unmittelbares Problem ist«, sagte

Stefan an Magda gewandt. »Rudi hat mir gestanden, dass er heiraten möchte.«

»Schön und gut, warum auch nicht?«, sagte Magda. »Nur alles zu seiner Zeit. Im Augenblick suchst du ja erst einmal eine Freundin, ganz zu schweigen von einer Wohnung.«

»Um die Wahrheit zu sagen«, erwiderte Rudi, »ich suche eine Freundin, die dazu geeignet ist, in den Stand der Ehefrau erhoben zu werden. Ich möchte nicht mehr lange warten. Ich habe dieses Ringelspiel satt. Ich möchte zur Ruhe kommen.«

»Mir fällt aber momentan in unserem Bekanntenkreis keine einzige weibliche Person im richtigen Alter ein. Du wirst diese Angelegenheit selber regeln müssen – weiß der Himmel, wie.«

»Ich bin nicht übermäßig anspruchsvoll«, sagte Rudi.

»Nein, du willst nur eine intelligente und kultivierte, wenn möglich steinreiche Schönheit unter dreißig«, sagte Stefan. »So eine zu finden sollte für dich doch kein Problem sein.«

»Natürlich soll sie schön sein«, sagte Rudi. »Das Alter ist nicht so wichtig. Intelligent – nun ja, solche soll es auch geben, hab ich gehört …«

»Wofür hältst du uns?«, fragte Stefan. »Dass wir Ungarn Kultur haben, das ist ja wohl klar. Dafür sind wir bekannt, oder besser berüchtigt, es gehört nachgerade zu unseren übelsten Eigenschaften.«

»Ach, du hast mich vollkommen missverstanden!«, rief Rudi. »Ich suche keine Ungarin. Ich habe beschlossen, eine Australierin zu ehelichen.«

»Bist du wahnsinnig?«, schrie Magda. »Was soll denn

eine Australierin mit dir anfangen? Außerdem sind die Gebildeten unter ihnen allesamt längst verheiratet – oder haben das Land verlassen.«

»Das Land verlassen?«, fragte Rudi. »Wo sind sie denn hin?«

»Sie ziehen nach London, manchmal auch nach Paris oder sogar nach Rom«, sagte Stefan. »Hier wirst du kaum eine finden – und wenn, dann spart sie schon für die Reise nach London, das kann ich dir versichern.«

»Ja, wenn das so ist«, sagte Rudi, »dann nehme ich eben eine Ungebildete und bilde sie mir selber. Stell ich mir sogar ganz lustig vor.«

»Pssst!«, machte Magda. »Hände weg von dem kleinen Mädchen! Lisa ist ganz glücklich, so wie sie ist.«

»Bist du dir da so sicher, Magda?«, fragte Rudi. »Mal ganz ehrlich: Hast du jemals so eine …«

»Nein, habe ich nicht«, unterbrach ihn Magda. »Ich fürchte, du hast ganz recht. Also bitte: Du möchtest eine ungebildete Australierin kennenlernen und wirst sie glücklich machen – und vielleicht sogar gebildet. Das ist doch alles ganz einfach.«

»Ein nettes, kräftiges, gesundes australisches Mädchen«, sagte Rudi. »Einige von ihnen sind bildhübsch. Ist euch das noch nicht aufgefallen? Genau das, was ich suche.«

Stefan lachte. »Es ist schon eigenartig«, sagte er, »wir kennen wirklich keine Frau, auf die diese Beschreibung zutrifft, nicht eine einzige.«

»Ja, das stimmt«, pflichtete Magda ihm bei. Doch plötzlich durchzuckte sie eine Idee. »Ich muss mich korrigieren: Es stimmt nicht. Ich kenne in der Tat eine Frau, die vielleicht infrage käme. Sie ist so um die dreißig oder ein bisschen jünger, nicht gerade schön, aber auch nicht hässlich. Ihr Make-up ist natürlich grauenhaft, und außerdem hat sie keinen Stil. Aber soweit ich es beurteilen kann, ist sie kräftig und gesund, und wenn ich darüber nachdenke, muss ich sagen, dass sie mir ganz und gar nicht den Eindruck einer verliebten Frau macht.«

»Dann möchte ich sie unbedingt kennenlernen«, sagte Rudi, »könntest du das arrangieren?«

»Ich kümmere mich drum«, sagte Magda. »Allerdings weiß ich noch nicht genau, ob du sie auch verdienst. Ich kümmere mich drum. Was haltet ihr davon, jetzt ins Kino zu gehen?«

Und während sich draußen rasch die Dunkelheit herniedersenkte, begannen sie über das Für und Wider der infrage kommenden Filme und des Kammermusikprogramms zu diskutieren.

25

Als Lisa endlich nach Hause kam, war es schon fast sechs. Sie stürmte durch die Hintertür ins Haus, noch immer in der Hochstimmung des Nachmittags. Ihre Mutter stand am Spülbecken und schälte Kartoffeln.

»Hallo, Mama!«, rief sie. »Schau mal her!« Sie lächelte wie ein Filmstar und wirbelte im Kreis herum.

Mit einem strafenden Blick funkelte ihre Mutter sie an. »Was fällt dir eigentlich ein!«, sagte sie. »Ich verstehe überhaupt nicht, was plötzlich in dich gefahren ist! Vielleicht könntest du mir erst einmal sagen, was in aller Welt in deinem Kopf vorgeht. Da hat mich doch diese Magda angerufen, bei der du warst, Mrs Zombie-Sowieso. Ruft mich an und sagt, du bist auf dem Heimweg. Dabei weiß sie offenbar nicht einmal, wie du heißt! Kann sein, dass es an ihrem komischen Akzent liegt – auf jeden Fall hat sie versucht, mir – deiner Mutter! – weiszumachen, dass du Lisa heißt, stell dir das mal vor! Und jetzt kommst du viel zu spät nach Hause – und wo ist denn deine Brille? Hast du sie vergessen? Und wieso kommst du so spät? Du hast mir gesagt, dass du um vier Uhr hier sein willst. Ich weiß wirklich nicht, was ich davon halten soll!«

Lisas Hochstimmung war verschwunden. Unvermittelt setzte sie sich auf den nächstbesten Stuhl, nahm ihre Brille aus der Handtasche und legte sie auf den Küchentisch. Dann saß sie vornübergebeugt da und dachte nach.

Schließlich kramte sie den Lippenstift aus der Handtasche und öffnete ihn. Es war ein teures Stück in einer schweren, goldfarbenen Metallfassung. Der Name der Farbe war »Engelskuss«. Lisa schminkte sich die Lippen, dann streckte sie ihrer Mutter den Lippenstift entgegen. »Den hat Magda mir geschenkt«, sagte sie. »Willst du ihn mal ausprobieren? Er schmeckt auch ganz gut.« Sie presste die Lippen zusammen und zupfte an ihrem Gürtel. »Den hat sie mir auch geschenkt. Gefällt er dir?«

Sprachlos starrte ihre Mutter sie an.

»Tut mir leid, dass ich zu spät gekommen bin«, fuhr Lisa fort. »Aber wir haben noch einen Spaziergang gemacht, und der dauerte viel länger, als ich gedacht hatte. Wir haben uns die Häuser angesehen, und Magda hat von Slowenien erzählt. Da kommt sie nämlich her. Zum Schluss musste ich bis zur Spit Road gehen, und es dauerte ewig, bis die nächste Straßenbahn kam. Tut mir ehrlich leid.«

»Ich weiß nicht, was ich denken soll, Lesley«, wiederholte ihre Mutter. »Ich kenne dich so gar nicht. Ich weiß nicht, was ich denken soll.«

»Da gibt's nichts zu denken«, sagte Lisa. »Und, Mama, mir wär's lieb, wenn du mich auch Lisa nennen würdest. So heiße ich nämlich bei Goode's. Ich habe mich dort von Anfang an als Lisa ausgegeben. Es steht auf dem Formular und so.«

»Steht wo?«, rief Mrs Miles. »Steht wo? Was soll denn das? Du heißt Lesley!«

»Aber der Name gefällt mir nicht«, erwiderte das Mädchen. »Ich will Lisa sein. Und ich werde Lisa sein. Ich bin schon Lisa!« Sie brach in Tränen aus – genau in dem Augenblick, in dem auch ihre Mutter zu weinen anfing. Eine Minute lang weinten die beiden Frauen getrennt nebeneinanderher. Dann blickte Lisa auf. Mrs Miles wischte sich gerade mit dem Schürzenzipfel die Augen aus.

»Lisa«, sagte sie, »Lisa. Sag mal, kannst du dir vorstellen, was das für ein Gefühl ist, wenn einem das eigene Kind sagt, dass ihm sein Name nicht mehr gefällt? Für mich bist du immer Lesley gewesen und wirst immer Lesley bleiben. Was gefällt dir denn nicht an Lesley? Das ist doch ein hübscher Name. Lisa. Das ist wie ein Schlag ins Gesicht. Wildfremde Menschen ...«

»Magda ist kein total wildfremder Mensch, sie ist meine Freundin!«, sagte Lisa.

»Deine Freundin!«, schluchzte Mrs Miles. »Ich kenne sie nicht einmal!«

»Dafür kann ich nichts. Sie ist trotzdem meine Freundin. Und Stefan ist mein Freund.«

»Wer ist denn Stefan?«, fragte Mrs Miles beunruhigt.

»Magdas Mann, sonst gar nichts«, sagte Lisa, die es für ratsam hielt, Rudi in diesem Augenblick noch nicht zu erwähnen. »Er ist sehr nett. Wir haben uns über Bücher unterhalten. Außerdem geben sie eine Silvesterparty, da gehe ich auch hin, wenn du es mir gestattest. Magda hat gesagt, dass ich dich um Erlaubnis bitten soll.«

»Das würde dir wohl so passen!«, sagte Mrs Miles und starrte auf das Linoleum. Insgeheim besänftigte sie diese Kostprobe slowenischer Höflichkeit schon ein wenig. »Nun, wir werden sehen«, sagte sie. »Aber Lisa! Lisa! Wie du nur darauf kommst? Änderst einfach so deinen Namen – und sagst mir kein Wort davon. Das ist doch hinterlistig!«

»Ach, Mama«, sagte Lisa, »ich wollte nicht hinterlistig sein, ehrlich nicht. Ich wollte nur … Ich wollte bloß einen richtigen Mädchennamen haben, Lesley ist doch ein Jungenname!«

»Es ist auch ein Mädchenname«, erwiderte ihre Mutter. »Der Jungenname wird anders geschrieben.«

»Aber er klingt genauso«, sagte Lisa, »und darauf kommt es an. Ich wollte einen richtigen Mädchennamen, der erwachsen klingt. Ich bin lange genug Kind gewesen. Ich will jetzt erwachsen sein.«

»Ach, Lesley«, sagte ihre Mutter, »Lisa, mein Kind, wenn du wüsstest, was das Erwachsensein so alles mit sich bringt – du hättest es bestimmt nicht so eilig.«

»Ach, Mama«, sagte Lisa, die plötzlich vor sich selbst erschrak. Sie stand auf, ging zu ihrer Mutter – und dann umarmten die beiden einander. Wieder füllten sich Mrs Miles' Augen mit Tränen, die langsam über ihre Wangen zu kullern begannen. »Bitte, wein doch nicht, Mama«, sagte Lisa.

»Ach, Schätzchen, ich weiß einfach nicht, was ich denken soll«, schluchzte Mrs Miles. »Ich habe wohl immer gewusst, dass ich dich eines Tages verlieren würde, aber ich habe nicht damit gerechnet, dass es schon so bald geschieht!« Und sie weinte noch heftiger.

Auch Lisa war schon wieder den Tränen nahe. »Mama, Mama, bitte nicht weinen! Weder hast du mich verloren, noch verlierst du mich. Du wirst mich auch nie verlieren. Du bist doch meine Mutter – wie wäre das denn überhaupt möglich? Ich bleibe bei dir, immer.«

»Nein, Lesley … Lisa, das darfst du nicht sagen, und das weißt du auch.« Wieder wischte sich Mrs Miles die

Augen aus. »Du wirst heiraten oder fortgehen – vielleicht sogar ins Ausland. Alle Mädchen tun das heutzutage. Du kannst nicht immer bei mir bleiben, weißt du? Das wäre nicht recht so. Ich bin nur egoistisch, glaube mir.«

»Nein, das bist du nicht«, sagte Lisa. »Selbst wenn ich heiraten oder fortziehen sollte, bleibst du doch meine Mutter, und ich werde dich oft besuchen.«

»Ja, das hoffe ich«, sagte Mrs Miles.

Die beiden blickten in die ferne Zukunft und wandten ihre Augen ab von deren unerklärbar geheimnisvollen oder gar tragischen Aussichten.

»Versuche einfach, ein gutes Mädchen zu bleiben, Lesley«, sagte ihre Mutter, »nur darauf kommt es an.«

»Natürlich werde ich das«, sagte Lisa und fügte hinzu: »Wenn es dir lieber ist, kannst du mich auch weiter Lesley nennen.«

Jetzt endlich lächelte ihre Mutter. »Warten wir's ab«, sagte sie. »Ich muss mich erst einmal daran gewöhnen. Vielleicht gelingt es mir ja, dich manchmal Lisa zu nennen, wenn du ein sehr liebes Mädchen bist. Das kommt darauf an.« Sie lachten beide und lösten sich voneinander. »Aber vorerst kümmere ich mich wohl am besten wieder um meine Kartoffeln«, sagte Mrs Miles und begab sich wieder zum Spülbecken. Mit einem verstohlenen Blick aus dem Augenwinkel musterte sie dabei ihre Tochter. Das Mädchen beugte sich gerade über den Küchentisch, um Brille, Lippenstift und Handtasche an sich zu nehmen. Die feminine Anmut ihrer Figur, betont durch den breiten Ledergürtel, überraschte die Mutter. »Der Gürtel steht dir tatsächlich sehr gut«, sagte sie. »Es muss ein sehr gutes Stück sein. Wirklich sehr freundlich von Magda, ihn dir zu schenken. Er war sicher nicht billig. Ich hoffe, du hast dich anständig dafür bedankt.«

Lisa strahlte. »Natürlich hab ich das«, sagte sie, »und für den Lippenstift auch. Willst du ihn jetzt vielleicht mal ausprobieren?«

»Später«, sagte Mrs Miles. »Die Farbe ist sehr apart und passt gut zu dir. Ich muss schon sagen: Du siehst wirklich sehr gut aus. Magda muss dich mögen, wenn sie sich so um dich bemüht.«

»Ja, ich glaube schon«, antwortete Lisa unsicher.

»Aber ich frage mich, warum sie das tut«, sagte Mrs Miles.

»Ich weiß auch nicht. Ausgerechnet so ein schreckliches Mädchen wie mich.«

»Nun, du bist eben noch dabei, erwachsen zu werden. Damit hat es noch ein bisschen Zeit. In ein paar Jahren bist du ja vielleicht ganz nett, warten wir's ab. Und jetzt möchte ich, dass du dich wieder hinsetzt und mir die Erbsen auspulst.«

»Dann darf ich also auf die Silvesterparty?«, wollte Lisa wissen.

»Wart's ab. Pul du erst einmal die Erbsen, ich muss es mir noch überlegen.« Eine Zeit lang herrschte Schweigen, dann hörte man Mrs Miles plötzlich, halb im Selbstgespräch, sagen: »Lisa! Na so was!«

26

Kaum war Fay zu Hause, da nahm sie auch schon ihre Wohnung in Angriff. Das Schlachtfeld war nicht sehr umfangreich: ein mittelgroßes Zimmer mit zwei Sesseln und einem Liegesofa, ein paar Beistelltischchen und eine Kochnische. Das Badezimmer teilte sie sich mit einer anderen Frau. Sie war nicht verpflichtet, es zu putzen, tat es aber häufig. Als sie mit der Wohnung fertig war, wusch sie im Waschkessel der Hauswirtin ihre Wäsche und hängte sie auf die Leine, wo die Kleider in der frischen Meeresbrise hin und her flatterten. Dann badete sie, wusch sich die Haare und manikürte ihre Nägel.

Zur Abendbrotzeit hatte sie *The Women's Weekly* ausgelesen. Sie machte sich überbackene Makkaroni und setzte sich zum Essen auf den Fußboden. Vor sich hatte sie *Anna Karenina* aufgepflanzt. Sie schlug die erste Seite auf und begann zu lesen.

Am späten Sonntagabend sagte sie zu sich selbst, es ist doch erstaunlich, wie schnell beim Lesen die Zeit vergeht. Das war mir bisher noch gar nicht aufgefallen.

27

Mrs Crown saß am Telefon, gleich neben dem kleinen Tisch im Flur, wo der Apparat seinen Platz hatte. »Was soll das heißen, ihr kommt nicht?«, sagte sie gerade. »Ich habe gerade eine extragroße Lammkeule in die Röhre geschoben. Das Gemüse ist auch schon vorbereitet. Was soll das heißen, ihr kommt nicht?«

Patty schauderte vor Angst und Verwirrung. Es würde noch schwieriger werden, als sie es sich vorgestellt hatte – es war ein Albtraum. »Frank fühlt sich nicht wohl«, sagte sie. »Er kann das jetzt nicht.«

»Frank fühlt sich nicht wohl!«, rief ihre Mutter aus. »Das ist ja was ganz Neues! Frank war doch immer ein Ausbund an Gesundheit. Was hat er denn?«

»Ach, ich weiß nicht«, sagte Patty, »nichts Ernstes. Er braucht einen Tag Ruhe. Er hat keinen Appetit und fühlt sich einfach elend.«

»Dann solltet ihr vielleicht doch den Doktor holen. Oder war er schon da?«, wollte Mrs Crown wissen.

»Nein, nein«, sagte Patty. »Ich glaube, er braucht keinen Arzt. Ich warte erst einmal ab, wie es ihm morgen geht.« Und dann fing sie an zu weinen.

»Patty Williams – oder Crown, wie du mal geheißen hast«, sagte ihre Mutter, »ich komme sofort zu dir, auch wenn die Lammkeule schon im Ofen ist. Ich drehe ihn eben ab und komme sofort, selbst wenn dann aus dem

Braten nichts wird. Wenn du mir nicht sagst, was los ist, bin ich gleich bei dir und sehe selbst nach dem Rechten. Die Lammkeule ist mir völlig gleichgültig, wenn du mir nichts sagst.«

»Nein!«, schluchzte Patty. »Lass die Keule im Ofen! Ich komm schon, ich komme alleine. Gib mir nur noch etwas Zeit, damit ich mich zurechtmachen kann.« Sie war noch nicht einmal angezogen. Um sechs Uhr morgens war sie im halbleeren Doppelbett erwacht und saß seither, fast gelähmt vor Angst und Entsetzen, in ihrer Küche und starrte auf die Titelseite der Sonntagszeitung. »Ich komme, so schnell ich kann«, sagte sie. »Aber lass den Braten im Ofen!«

Genauso, wie sie es als kleines Mädchen getan hatte, spähte sie durch die Buntglasscheiben, die die Tür zum Haus ihrer Mutter umrahmten, und drückte auf den Klingelknopf. Mrs Crown, die sich eine Schürze umgebunden hatte, stand bereits auf der Schwelle.

»Patty, jetzt komm bitte herein und erkläre mir, was los ist«, sagte sie. Durch den langen, engen Flur führte sie Patty in die Küche. Deutlich vernehmbar brutzelte im Ofen die Lammkeule. Der Tisch war bereits für fünf Personen gedeckt.

»O Gott«, sagte Patty und sank wie ein Häuflein Elend auf einen Stuhl. »Kommt Joy etwa auch?«

»Nein, nur Dawn und Bill kommen«, antwortete Mrs Crown. »Die Kinder sind mit den Nachbarn am Strand.«

»Na, wenigstens ein Trost«, sagte Patty. »Ich könnte Joy jetzt nicht ertragen.«

Mrs Crown stellte den Wasserkessel auf den Herd.

»Ich setze uns Tee auf«, sagte sie, »und du erzählst mir, was los ist. Und zwar sofort.«

»Frank ist verschwunden«, sagte Patty.

»Er ist was?«, fragte ihre Mutter.

»Weg ist er. Er war nicht zu Hause, als ich gestern heimkam. Und er ist seither nicht wiedergekommen.«

»Hast du schon die Polizei benachrichtigt?«, fragte Mrs Crown schreckensbleich. »Vielleicht hat er einen Unfall gehabt.«

»Ja, ich war da. Man hat mir gesagt, ich solle mir noch keine Gedanken machen. So was passiert dauernd, haben sie gesagt. Wenn er nach einer Woche noch immer nicht zurück ist, soll ich wieder auf die Wache kommen und eine Vermisstenanzeige aufgeben. Nach einer Woche!« Sie brach in Tränen aus.

Ihre Mutter setzte sich neben sie und tätschelte ihr die Schulter. »Wein dich nur aus«, sagte sie. »Wein du nur ein Weilchen.« Patty tat es. »Ich verstehe das nicht, Patty«, fuhr ihre Mutter fort. »Habt ihr euch denn gestritten?«

»Nein!«, schrie Patty. Sie konnte ihrer Mutter schlecht erzählen, was sie stattdessen getan hatten. Gestritten! Die Erinnerung an das seltsame gemeinsame Geheimnis war inzwischen wie ein Traum, wie etwas, das in Wirklichkeit gar nicht geschehen war. »Ich verstehe es auch nicht«, sagte sie. »Ich begreife es einfach nicht.« Und wieder begann sie zu weinen.

»Hör mir mal gut zu, Patty«, sagte ihre Mutter. »Ich sag dir eines: Niemand versteht die Männer. Wir verstehen sie nicht, und sie verstehen sich selbst nicht. So einfach ist das. Deshalb stellen sie ja auch immer solche Dummheiten an – und laufen zum Beispiel mir nichts, dir nichts davon. Ich könnte dir da Sachen erzählen! Doch irgendwann kommen sie alle zurück – normalerweise jedenfalls. Und die, die nicht zurückkommen, taugen nichts, glaub mir. Frank wird wieder zurückkommen, wart's ab. Sie kommen allein doch gar nicht klar, die Männer. Sie bilden sich das zwar ein, aber sie schaffen es nicht. Sie sind doch bloß Kinder.«

Beim letzten Wort nahm Pattys Tränenfluss noch zu, und wieder fing ihre Mutter an, ihr die Schulter zu tätscheln. »So, Patty, nun trockne dir mal die Augen ab«, sagte sie schließlich, »und wasch dir dein Gesicht. Danach können wir unseren Tee trinken. Ich stelle unterdessen das Gemüse in den Ofen.« Sie erhob sich, und Patty verschwand im Badezimmer.

Wenig später nippten die beiden am heißen Tee, und Mrs Crown betrachtete ihre Tochter. Die arme, kleine Patty, dachte sie, meine Mittlere. Sie ist immer zwischen der entschlossenen Dawn und der selbstbewussten Joy zerrieben worden. Nicht einmal ihre eigene Familie wurde jemals richtig schlau aus ihr. »Du weißt, dass mir deine Haare besser gefallen, wenn sie ein wenig länger sind«, sagte Mrs Crown. »Warum lässt du sie nicht ein bisschen wachsen? Es steht dir.«

»Ja«, sagte Patty matt, »vielleicht.«

»Und nun erzähl mir mal, was Frank alles mitgenommen hat. Waren viele Kleidungsstücke dabei?«

»Ich bin noch gar nicht auf die Idee gekommen nachzusehen«, sagte Patty. »Ich habe nur auf ihn gewartet. Ich hab doch jede Minute damit gerechnet, dass er nach Hause kommt.«

»Das wird er wohl auch«, sagte ihre Mutter. »Trotzdem schadet es nicht, wenn du mal nachsiehst. Ich begleite dich nachher, und wir schauen uns gründlich um. Und dann packst du ein paar Kleinigkeiten zusammen und ziehst für ein Weilchen zu mir – solange sich dieser selbstsüchtige Mistkerl herumtreibt und anderen Leuten Kummer bereitet.«

»Nein!«, rief Patty. »Ich muss doch zu Hause sein, falls er zurückkommt!«

»Papperlapapp!«, sagte Mrs Crown. »Das hat er nicht verdient. Denk doch mal darüber nach. Es geschieht ihm ganz recht, wenn er nach Hause kommt und du bist nicht da. Selbstsüchtig sind sie alle. Sie denken einfach nie nach.«

»Bitte erzähl Joy nichts davon«, sagte Patty. »Und Dawn auch nicht.«

»Nun, ich weiß nicht«, meinte Mrs Crown. »Wir können ja schlecht sagen, dass er krank ist, oder? Dawn würde dir das ebenso wenig abnehmen wie ich. Aber vielleicht können wir sagen, er sei ein paar Tage geschäftlich unterwegs, das geht doch, oder? Das war ja früher genauso, als er noch als Reisevertreter arbeitete. Wir können sagen, dass er für ein paar Tage einen Kollegen vertritt. Und dann warten wir mal ab, was geschieht. Ein Jammer, dass das ausgerechnet so kurz vor Weihnachten passiert. Ich hoffe doch sehr, dass er noch vor dem Fest zurückkommt – wenn nicht, wird er mir einiges erklären müssen, darauf kann er Gift nehmen.« Bei diesen Worten wirkte Mrs Crown ausgesprochen angriffslustig, und Patty fühlte sich, zu ihrer eigenen Überraschung, seltsam getröstet, ja, verspürte sogar selbst eine gewisse Aggressivität. Frank war ein selbstsüchtiger Mistkerl. Wie alle Männer. Aber alleine kamen sie nicht klar.

28

Die Szenerie, die sich dem militärisch geschulten Auge des livrierten Türstehers bot, als er Lady Pyrke um elf Uhr morgens am Heiligen Abend durch die Tore von Goode's geleitete, war das reinste Inferno mit der dazugehörigen Geräuschkulisse. Zur Begleitung von hundert intensiven Gesprächen zwischen dem schwarzgekleideten Personal und den jeweiligen Kundinnen kamen das schrille Läuten der Registrierkassenglocken, die Rufe der Fahrstuhlführer – »Aufwärts!« – und das unselige Gekreische größerer und kleinerer Kinder, die nicht bei den Nachbarn hatten abgeliefert werden können: Die weibliche Einwohnerschaft von Sydney – oder zumindest ein erschreckend großer Teil derselben – erledigte noch immer Weihnachtseinkäufe, und der Oberstleutnant konstatierte insgeheim, dass im weiteren Verlauf des Tages alles nur noch schlimmer werden konnte, denn schließlich stand nach dem Lunch der Ansturm der Büroangestellten bevor, die an diesem Tag früher nach Hause gehen durften.

Lady Pyrke segelte gelassen die Marmorstufen hinab und mischte sich ins Getümmel, als betrete sie die Thermalquellen von Baden-Baden. In solchen Zeiten, dachte der Mann in Livree, ist es tatsächlich von Nutzen, wenn man nicht alle Sinne beieinander hat: Viel Glück, altes Mädchen! Er sah noch, wie sie heiteren Sinnes den Verkaufsstand mit den Taschentüchern ansteuerte. Dann drehte er sich um und blickte wieder auf die Straße hinaus.

Im zweiten Stock ging es ein wenig ruhiger zu. Hier war es gelungen, eine von lediglich verhaltener Hektik bestimmte Atmosphäre aufrechtzuerhalten. Es ist schon erstaunlich, dachte Mr Ryder, wie viele der Damen den Kauf ihrer Weihnachtskleider bis zur allerletzten Minute hinauszögern. Doch da waren sie: Gleich mit mehreren Kleidern über dem Arm strebten sie in die Umkleidekabinen und stürzten dadurch das ohnehin schon arg unter Druck stehende Personal in zusätzliche Verwirrung. Gerade kam Lisa aus einer Kabine, halb erstickt unter einem Berg von Cocktailkleidern, die von den Kundinnen zurückgelassen worden waren, nachdem sie das richtige gefunden hatten (oder auch nicht). Wenn es im kurzen Leben dieser Kleider ansonsten vielleicht keinerlei Grund für einen Preisnachlass gegeben hat, sinnierte Mr Ryder, so taugen sie nach diesem letzten Tag des Weihnachtsgeschäfts tatsächlich nur noch für den Schlussverkauf.

Selbst bei den Modellkleidern herrschte eine Geschäftigkeit, die schon fast an vulgären Massenbetrieb erinnerte. Zufrieden registrierte Mr Ryder, dass Magda – die Unnachahmliche, jeden Penny ihres Gehalts wert – im Augenblick nicht weniger als drei Kundinnen gleichzeitig bediente, aber mit welcher Ruhe, welch unerschütterlichem Takt! Und dabei ging's um mindestens fünfhundert Pfund Reingewinn. Wenn das kein herrlicher Anblick ist, fress ich meinen Hut, dachte Mr Ryder.

Und da war Fay Baines: Sie nahm gerade von einer sichtlich zufriedenen Kundin eine Handvoll Banknoten in Empfang, und vier weitere Damen standen bei ihr Schlange. Schon wieder tauchte Lisa mit einem Armvoll Kleider auf und trug sie zurück zu den Stangen. Miss Jacobs erläuterte mit unerschütterlicher Ruhe einer waschechten North-Shore-Matrone, warum von einem gewünschten Modell die verlangte Größe nicht mehr vorhanden war, und Patty Williams, die furchtbar blass aussah, füllte einen Bestellzettel aus. Wenn Sie krank werden wollen, Mrs Williams, dachte Mr Ryder, so seien Sie doch bitte so gut und warten Sie damit bis 17.30 Uhr. Er lächelte ihnen allen aufmunternd zu und setzte seine Runde fort.

In der Mittagspause zog sich Lisa rasch um und rannte in die heiße, verstopfte Stadt hinaus, um ihre Weihnachtsgeschenke zu kaufen. Die erforderlichen Nachforschungen hatte sie in der vergangenen Woche abgeschlossen. Jetzt eilte sie zunächst zu Grahame's und besorgte für ihren Papa das reichhaltig illustrierte Buch *Die Geschichte des Englischen Vollbluts,* auf dessen Schutzumschlag ein schönes Porträt des Stammhengstes Godolphin Arabian prangte. In der Rowe Street kaufte sie eine kleine Schnupftabaksdose, die aus einer Muschel gefertigt war, für ihre Mutter. Insgesamt gab sie etwas mehr als einen Wochenlohn aus. Danach, in der Kantine, fiel ihr auf, dass Patty Williams ziemlich elend aussah. Ob ich sie ansprechen soll?, fragte sie sich. Aber dann sah sie einen abweisenden Ausdruck in Pattys Miene, wie sie ihn noch nie zuvor an ihr bemerkt hatte. Auch den anderen erging es so.

Oh, dieser Schuft, dachte Patty, dieser Schuft. Dieser selbstsüchtige, egoistische Mistkerl. Lässt mich einfach sitzen und zusehen, wie ich alleine klarkomme. Was bildet der sich eigentlich ein, wer ich bin? Es war die uralte Frage, die sich nun auch Patty stellte. Abgehauen war er, einfach abgehauen, ohne ein Wort zu sagen. Und ich sitz da und kann sehen, wie ich damit fertig werde. Danke sehr. Erst an diesem Morgen war Patty der Gedanke gekommen, dass Frank, wenn er sich zu Hause nicht mehr blicken ließ, wahrscheinlich auch seiner Arbeitsstelle fernblieb, und das bedeutete, dass sie ihn dort irgendwie entschuldigen musste. Was aber – eine grauenhafte Vorstellung –, wenn er nur zu Hause ausblieb? In der Mittagspause rief sie ihre Mutter an und bat sie, bei Frank im Betrieb anzurufen und festzustellen, ob er zur Arbeit gekommen war. Nach zehn Minuten meldete sie sich erneut.

»Nein, er ist nicht da«, eröffnete ihr Mrs Crown. »Ich habe ihnen kein Wort gesagt, weder wer ich bin noch sonst irgendetwas. Man hat mir lediglich mitgeteilt, dass Mr Williams heute nicht zur Arbeit gekommen ist. Sie denken, dass er sich nicht wohlfühlt, aber bisher hat er nicht Bescheid gesagt. Ich sollte dich anrufen, wenn ich Genaueres wissen wollte! Also: Du rufst am besten jetzt gleich dort an und sagst ihnen, dass Frank krank ist und du noch nicht sagen kannst, wann er wieder arbeiten kann. Das genügt fürs Erste.«

Als sie schließlich Franks Chef am Apparat hatte – den schmierigen Widerling, der am Telefon einen außerordentlich freundlichen Eindruck auf sie machte –, da entdeckte Patty, wie leicht es ist, eine Lüge, ist sie erst einmal heraus, wie die reine Wahrheit klingen zu lassen. Sie war von sich selbst überrascht. »Es geht ihm nicht gut«, sagte sie, »und ich fürchte, ehrlich gesagt, dass er diese Woche überhaupt nicht mehr kommen kann. Ich denke, es wird erst nach Neujahr wieder gehen, tut mir leid.«

»Oh, Mrs Williams, das ist ja furchtbar«, sagte Franks Chef. »Sagen Sie ihm, er soll die Beine hochlegen und ja nicht wiederkommen, bevor er sich völlig auskuriert hat. Wir schaffen es schon irgendwie. In dieser Woche ist bei uns sowieso nicht viel los. Ich hoffe, wir sehen ihn dann gleich nach Neujahr wieder, doch wenn es nicht gehen sollte, sagen Sie uns bitte Bescheid. Und trotz allem: Ich wünsche Ihnen ein schönes Fest. Auf Wiederhören.«

Gott sei Dank, das war erledigt. Aber dieser Schuft, dieser selbstsüchtige Schuft! Ich darf die Suppe für ihn auslöffeln. Wo steckt er bloß? Was treibt er? Er hatte die alte Reisetasche und ein paar Klamotten mitgenommen, dazu den Lohn für die letzten vierzehn Tage abzüglich des Haushaltsgeldes, das sie am Donnerstagabend bereits von ihm bekommen hatte. Er war in voller Absicht fortgegangen und hatte genau gewusst, was er tat. Es gab keinerlei Entschuldigung dafür. Egoist, widerlicher Egoist. Für wen hält er mich eigentlich?

29

Die Hektik stieg kontinuierlich im Laufe des Nachmittags, grenzte gegen 16 Uhr bereits an Hysterie und ging eine Stunde später in schiere Panik über. Den Anforderungen, denen sich das Personal von F. G. Goode's in den letzten dreißig Minuten ausgesetzt sah, ließ sich nur noch mit angeborenem Stoizismus begegnen. Dann endlich war der letzte Weihnachtsverkauf getätigt, die Kundenscharen waren vertrieben, und die großen Türen aus Glas und Mahagoni wurden geschlossen und verriegelt.

Fay rannte die Feuertreppe hinauf, um sich umzuziehen und ihre Reisetasche zu holen: Wenn sie noch rechtzeitig zum Hauptbahnhof kommen, Myra wie vereinbart treffen und den Spätnachmittagszug in die Blue Mountains erwischen wollte, dann hatte sie keine Minute mehr zu verlieren.

Patty folgte ihr langsam: Der schreckliche Tag war vorbei, ein noch schrecklicherer Abend stand ihr bevor. Franks rätselhafte Abwesenheit war an sich schon entsetzlich genug, jedoch erschien ihr der Gedanke an seine mögliche Rückkehr und an eine Wiederbegegnung unter diesen neuen, schlimmen Voraussetzungen doch noch entsetzlicher. Wie ausgebrannt schlich sie zu ihrem Schließfach. Diese Müdigkeit war wirklich seltsam – nicht die normale Erschöpfung nach einem harten

Arbeitstag, sondern eine tödliche Lethargie, fast wie eine Krankheit. Die Heimfahrt kam ihr endlos vor.

Lisa sprang leichten Herzens die Treppe hinauf: Da war Magda, mit der sie an diesem außergewöhnlichen Tag noch kein einziges Wort hatte wechseln können. Sie rief die Freundin beim Namen. Magda drehte sich um und schenkte ihr ihr schönstes Lächeln. »Ah, Lisa!«, sagte sie. »Wie fühlst du dich heute Abend? Anregend, was, dieser Weihnachtsirrsinn? Ich habe am Nachmittag allein vier Modellkleider an Frauen verkauft, die heute Abend zu der Party bei Mrs Wallruss eingeladen sind. Sie hatten alle Angst, es könnte ihnen noch in letzter Minute eine andere die Schau stehlen. Ich lach' mich kaputt! Aber sag mal: Hast du deine Mutter gefragt, ob du zu meiner Silvesterparty kommen darfst? Du brauchst dich nicht in die letzte Kreation der *Haute Couture* zu werfen, um stilgerecht zu erscheinen. Alles, was du trägst, geht in Ordnung.«

»Natürlich habe ich Mama gefragt«, sagte Lisa. »Ich soll dir danken – und ich darf kommen. Ich freu' mich schon so darauf!«

»Sehr gut«, sagte Magda. »Und nun möchte ich dir und deiner Familie noch ein glückliches Weihnachtsfest wünschen.« Und sie küsste Lisa auf beide Wangen. »So, und nun muss ich schnell noch ein paar Worte mit jemand anderem wechseln. Goodbye, Lisa!«

Fay kam gerade aus dem Umkleideraum, als sie Magdas elegante Hand auf ihrem Arm spürte.

»Darf ich Sie kurz aufhalten?«, fragte Magda und lächelte charmant. »Nur fünf Sekunden?«

»Mich?«, fragte die verblüffte junge Frau arglos zurück.

Magda lachte. »Ich habe eine Bitte an Sie: Mein Mann und ich geben eine Silvesterparty – und wir würden uns außerordentlich freuen, wenn Sie auch kommen könnten. Wir erwarten eine Menge Gäste, von denen, wie ich hoffe, zumindest der eine oder andere Sie interessieren könnte. Sie würden uns einen großen Gefallen tun, denn wir sind etwas knapp mit jungen Damen ... Ist das nicht lächerlich? Normalerweise sind doch die jungen Männer dünn gesät. Und was ist eine Party ohne viele attraktive Mädchen? Bitte sagen Sie nicht nein. Lisa wird auch da sein, Sie werden sich also nicht ganz fremd fühlen.«

»Also, ich ...« Fay wusste nicht, was sie davon halten sollte. Sie hatte es furchtbar eilig, und die Einladung kam vollkommen überraschend. »Vielen Dank, ja, ich denke, ich kann kommen. Am Silvesterabend. Ja, das wäre sehr nett. Danke!«

Uff, dachte Magda, jetzt habe ich Gott sei Dank auch das hinter mir. Jetzt hat Rudi sein gesundes australisches Mädchen. Es kann ihm nur guttun.

»Du kennst doch diese Magda«, sagte Fay zu Myra. Sie saßen im Zug, der auf seinem Weg in die Blue Mountains durch die Vororte Sydneys tuckerte. »Du weißt doch, die für die Modellkleider zuständig ist.«

»Ach ja«, sagte Myra, »ich weiß.«

»Sie hat mich zu ihrer Silvesterparty eingeladen.«

»Da sieh mal einer an! Gehst du hin?« Myra hatte Fay dazu überreden wollen, mit einigen anderen Bekannten zur Neujahrs-Gala in ihrem Club zu kommen, wo sie selbst beruflich sehr eingespannt sein und in einem neuen smaragdgrünen Chiffonkleid mit einer aus Silber gearbeiteten Orchidee auf einer Schulter auftreten würde.

»Ja, ich habe zugesagt«, gestand Fay. »Man kann ja nie wissen …«

»Ist vielleicht gar nicht so schlecht«, sagte Myra. »Bei diesen *Continentals* gibt es immer was Gutes zu essen und zu trinken. Damit kennen sie sich aus. Wer weiß, vielleicht triffst du ja auch jemand Interessantes?«

»Ich glaube, das sind alles Leute aus Europa«, sagte Fay. Dann fiel ihr plötzlich ein: wie Wronsky. Er muss auch Europäer gewesen sein.

»Sind Russen auch Europäer?«, fragte sie.

»An wen denkst du denn?«, wollte Myra wissen.

»Ach, an niemand Bestimmtes. Es interessiert mich halt.«

»Also, ich glaube schon«, sagte Myra. »Aber du weißt ja, dass Russen nicht ins Ausland reisen dürfen. Du siehst praktisch nie einen, oder? Die sind alle in Russland.«

»Wahrscheinlich hast du recht«, sagte Fay. »Aber angenommen, man ließe sie raus, dann wären sie doch *Continentals*, nicht wahr?«

»Ja, schon. Denke ich jedenfalls«, sagte Myra. »Alle diese Leute sind *Continentals*.«

30

Dawn war am Telefon und unterhielt sich mit Joy. »Und dass du ja die Klappe hältst!«, sagte sie streng. »Ein Ton, und ich spreche nie wieder ein Wort mit dir. Immerhin ist Weihnachten.«

»Na und?«, sagte Joy. »Er ist fort, nicht wahr? Weihnachten hin oder her – früher oder später müssen wir es ohnehin erfahren, da kann es ruhig schon früher sein.«

»Jetzt hör mir einmal gut zu«, sagte Dawn in strengem Ton. »Ich habe Mama hoch und heilig versprochen, keinem Menschen zu sagen, dass ich Bescheid weiß. Sie hat es mich sogar schwören lassen. Ich habe dich bloß eingeweiht, weil ich mir dachte, du würdest sowieso merken, dass etwas faul ist, und dann mit deinen Versuchen, es herauszufinden, alles nur noch schlimmer machen. Du darfst also offiziell nichts wissen.«

»Oh, das ist ja mal wieder typisch«, erwiderte Joy, »absolut typisch. Ich bin die Jüngste, und das heißt, dass ich nicht einmal wissen darf, was in meiner eigenen Familie vorgeht. Typisch. Aber was soll's? Ich kann ja auch von alleine dahintergekommen sein. Ich brauche deine Hilfe doch gar nicht, oder?«

»Ich bitte dich, Joy«, sagte ihre ältere Schwester gereizt, »sieh das doch nicht so eng. Ich habe dir erzählt, was los ist – alles, was ich selbst darüber weiß. Ich halte es lediglich für ungeschickt, ausgerechnet an Weihnachten darauf herumzureiten. Wie stellst du es dir denn vor? Patty versucht, gute Miene zum bösen Spiel zu machen. Sie will nicht darüber reden, das leuchtet doch ein, oder? Also halt die Klappe, okay?«

»Wenn du meinst«, antwortete Joy hochnäsig, während sie die schicken neuen Sandalen betrachtete, die sie gerade bei Farmer's erstanden hatte – der Mitarbeiterrabatt von Goode's konnte ihr gestohlen bleiben. »Mir soll's gleich sein. Trotzdem halte ich es für lächerlich, dass man sich gegenseitig etwas vormacht – noch dazu in der eigenen Familie! Wenn mir das passiert wäre, würde ich das jedenfalls nicht wollen.«

»Nein, aber du bist eben auch anders, nicht wahr?«, sagte Dawn. »Es sind nicht alle so wie du. Patty war immer so verschlossen.«

»Du meinst, Patty hat immer gerne ihre Geheimnisse gepflegt«, sagte Joy. »Sie war schon immer eine Geheimniskrämerin. Meinetwegen, soll sie doch ihr Geheimnis behalten.«

»Gut«, sagte Dawn, »also hältst du den Mund. Auch zu Mama bitte kein Wort, denn sie weiß ja nicht, dass du Bescheid weißt. Sie hat es mir nur erzählt, weil sie sich so große Sorgen macht. ›Glaubst du, er ist für immer weggegangen?‹, hat sie mich gefragt, worauf ich sagte: ›Ach was, Mama, Frank kommt nicht weit.‹ Ich musste das einfach sagen, damit sie sich nicht mehr so viele Gedanken um Patty macht. Aber ganz so sicher bin ich mir da nicht. Bei Frank weiß man nie genau, woran man ist, das war schon immer meine Meinung.«

»O Gott!«, rief Joy aus. »Frank ist doch total durchschaubar. Der und weit kommen! Ohne Blindenhund kommt der nicht mal von hier bis Manly. Dem ist irgend ’ne Laus über die Leber gelaufen, und da ist er abgehauen, irgendwohin. Das wahre Unglück wäre, wenn er zurückkäme. Arme alte Patty.«

»So darfst du nicht darüber reden«, sagte Dawn. »Frank ist schon in Ordnung, er ist nur ein bisschen …«

»Dumm«, vollendete Joy ihren Satz. »Beschränkt.«

»Still, wollte ich sagen«, sagte Dawn.

»Und zurzeit sogar noch stiller«, sagte Joy und lachte schallend.

»Du bist schrecklich, Joy«, sagte Dawn. Ja, das war Joy eigentlich immer: schrecklich.

»Eines ist auf jeden Fall glasklar«, sagte Joy fröhlich.

»Was?«, fragte ihre Schwester.

»Wir wissen, dass keine andere Frau dahintersteckt«, sagte Joy.

»Was meinst du damit – keine andere Frau?«

»Na, was wohl? Ich meine, es liegt auf der Hand, dass Frank Patty nicht wegen einer anderen Frau verlassen hat.«

»Woher willst du das denn wissen?«, fragte Dawn, die sich nicht ganz sicher war, in wessen Namen sie an Joys Bemerkung Anstoß nehmen sollte.

»Um Gottes willen, Dawn«, sagte Joy verächtlich, »hast du denn keine Augen im Kopf? Sieh ihn dir doch an, falls du dazu noch einmal die Gelegenheit haben solltest. Ein Casanova ist der ja nicht gerade.«

»Und das ist auch gut so«, sagte Dawn bestimmt.

»Aber ein bisschen Casanova würde ihm gar nicht schaden«, erwiderte Joy. »Frank scheint überhaupt nicht zu wissen, wozu Frauen eigentlich da sind.«

»Und wozu sind sie da?«, fragte Dawn.

»Ich male dir ein Bild, wenn wir uns sehen«, sagte Joy. »Das kannst du Frank geben, wenn er sich wieder blicken lässt. Dann wisst ihr beide Bescheid.«

»Du bist schrecklich, Joy«, sagte Dawn. »Und woher weißt du so viel über Frank?«

»Ich halte bloß meine Augen offen«, sagte Joy, »und außerdem brauchst du dir doch bloß Patty anzugucken. Ich glaube, sie ist ohne ihn besser dran. Sie sollte sich neue Klamotten kaufen und mal einen schönen Urlaub machen, rauffahren nach Queensland ans Barrier Reef oder so, und dann noch mal von vorne anfangen.«

»Ja, gut, so kann man es sehen«, sagte Dawn. »Nur kann ich mir schlecht vorstellen, dass Patty es auch tut.«

»Da hast du nur allzu recht«, stimmte Joy ihr zu. »Aber was soll's? Ich halte morgen den Mund. Wir werden ein richtig glückliches Weihnachtsfest feiern. Also ...«

Die beiden Schwestern befassten sich nun zum letzten Mal mit der Frage, wer für was verantwortlich war, wenn morgen alle Töchter samt dazugehörigen Ehemännern (sofern erreichbar) und Kindern (sofern vorhanden) bei Mrs Crown zusammenkamen und alle erforderlichen Zutaten für ein ordentliches angelsächsisches Weihnachtsmahl mit allem Drum und Dran mitbringen sollten.

31

Es war schon nach sechs, als Mr Ryder und Miss Cartright am Heiligabend Goode's verließen. Sie gehörten zu den Letzten, die das große Gebäude verließen. Am Personaleingang wartete bereits ein Angestellter der Hausverwaltung mit einem riesigen Schlüsselbund, um die Tür abzusperren.

Auf der Straße parkte ein Jowett Javelin in der zweiten Reihe. Miss Cartright wandte sich an ihren Kollegen. »Da ist mein Freund«, sagte sie. »Dürfen wir Sie irgendwohin mitnehmen? Wir fahren nach Turramurra.«

»Das ist sehr freundlich von Ihnen«, sagte Mr Ryder, »aber ich habe eine Verabredung mit Freunden bei Pfahlert's, unser Jahrestreffen. Alte Schulkameraden.«

»Na, dann viel Spaß«, sagte Miss Cartright, »und ein schönes Fest.«

»Ihnen auch, Miss Cartright«, sagte Mr Ryder und zog den Hut, während Miss Cartright das ungeduldige Automobil bestieg.

Er ging die Castlereagh Street entlang und schob sich durch eine Menschenmenge, die inzwischen allerdings längst nicht mehr so dicht war. Er erreichte den Martin Place, groß und weit wie immer. Aus einer Laune heraus (wer hat die manchmal nicht?) beschloss er, unter den Kolonnaden der Hauptpost weiterzugehen. Kaum hatte er die Treppe hinter sich gebracht und wollte seinen Weg fortsetzen, als ihm auffiel, dass die Frau, die am anderen Ende der Kolonnaden einen Brief in einen der gediegenen, messingbeschlagenen Briefschlitze steckte, niemand anders war als Miss Jacobs. Komische Zeit, einen Brief einzuwerfen, dachte Mr Ryder, pünktlich zum Fest kommt der nicht mehr an … Und da war etwas so unsagbar Trauriges an ihrer Erscheinung – jene einsame, pummelige, gebeugte Gestalt mit dem Haarknoten, in der einen Hand ein halbleeres Einkaufsnetz, mit der anderen einen mysteriösen Brief einsteckend –, dass er, Mr Ryder, um ein Haar losgelaufen wäre, durch die Kolonnaden hindurch zu ihr hin, und dann … Nein, es war sinnlos. Er konnte kaum erhoffen, diese offenbar so einsame, ja geheimnisvolle Existenz ein wenig aufzumuntern. Fast undenkbar war es, sie zu einem Drink einzuladen. Vielleicht zu einem Eis? »Hätten Sie etwas dagegen, mich zu Cahill's zu begleiten, Miss Jacobs? Wir könnten uns einen Schokoladenbecher genehmigen.« Dann dachte er wieder an das Treffen bei Pfahlert's. Also heute Abend nicht. Aber vielleicht ein andermal. Ach, Miss Jacobs, Sie armes, gutes Wesen. Ich wünsche Ihnen von ganzem Herzen ein schönes Fest.

32

Lesley, ich möchte, dass du jetzt was Ordentliches frühstückst. Du kennst ja deine Tante Mavis. Bei der weiß man nie, wie lange es dauert, bis das Weihnachtsessen auf dem Tisch steht.«

Sie waren dieses Jahr zum Dinner bei Mrs Miles' Schwester und deren Familie in Seaforth eingeladen. In Mrs Miles' umfangreicher Verwandtschaft wechselten sich die weihnachtlichen Gastgeber mehr oder weniger der Reihe nach ab.

»Nein, eigentlich nicht«, sagte Lisa, »bei ihr haben wir doch noch nie Weihnachten gefeiert.«

»Aber natürlich haben wir das! Weißt du das denn nicht mehr? Gewiss erinnerst du dich, es war vor vier oder fünf Jahren. Es war schon lange drei Uhr durch, als wir endlich etwas zu essen bekamen. Also brauchst du ein ordentliches Frühstück. Möchtest du ein gekochtes Ei, ein Spiegelei oder ein Rührei?«

»Brrr«, machte Lisa. »Magda sagt, man soll keine Eier zum Frühstück essen, sie machen …«

»Was Magda sagt, ist mir egal«, sagte Mrs Miles. »Magda weiß auch nicht alles. Wenn du zum Frühstück keine Eier isst, nimmst du nie zu. Du wirst dahinschwinden. Dabei bist du doch noch im Wachstum. Komm, iss ein wenig Rührei, ich brate auch noch ein bisschen Speck, so wie du ihn gern magst.«

»Also gut«, gab Lisa nach, »wenn es dich beruhigt …«

»Na, das ist schon besser«, sagte ihre Mutter.

Mr Miles kam in die Küche. »Drei Eier«, sagte er. »Spiegeleier, aber die Dotter noch weich, und vier Streifen Speck. Ist der Tee schon fertig? Ich mach mir schon mal einen Toast, ich könnte ein ganzes Pferd verschlingen. Dabei fällt mir ein, dass ich tatsächlich schon Pferde gesehen habe, die zu anderem nicht taugen.«

»Können wir jetzt unsere Geschenke aufmachen?«, fragte Lisa.

»Welche Geschenke?« Ihr Vater gab sich erstaunt.

»Papa«, sagte Lisa, »weißt du nicht, was heute für ein Tag ist?«

»Ach so«, sagte Mr Miles, »du meinst die Weihnachtsgeschenke. Also, dazu kann ich nichts sagen. Das fällt ins Ressort deiner Mutter.«

»Die Geschenke werden erst nach dem Frühstück geöffnet«, bestimmte Mrs Miles. »Alles schön der Reihe nach.«

Als das Frühstück endlich vorüber war, begab sich die Familie feierlich ins Wohnzimmer, wo unter dem Weihnachtsbaum die Geschenke aufgebaut waren. Lisa überreichte ihrer Mutter das kleinere und ihrem Vater das größere Päckchen. Mutter gab Vater ein großes und Lisa ein kleines und zwei größere. Dem Auspacken folgten lebhafte Ausrufe der Überraschung und der Dankbarkeit, bis am Ende auffiel, dass Mr Miles keinen eigenen Beitrag zu den Geschenken geleistet hatte.

»Tja«, sagte er, »ich nehme an, ihr wollt auch etwas von mir. Und da habt ihr eigentlich ja auch recht, schließlich ist Weihnachten.« Er griff in die Hosentasche und fingerte ein paar Münzen heraus. »Nein, das reicht nicht«, sagte er und griff in die andere Tasche. »Das passt schon eher. Hier, Lesley, nimm du das mal.« Er gab ihr eine Zehnpfundnote. »Und das hier ist für dich, Cora. Fröhliche Weihnachten, ihr zwei!«

Verwirrt senkte Mrs Miles den Blick und betrachtete das Geschenk. Er hatte ihr eine Zwanzigpfundnote gegeben. Es war das erste Mal, dass sie einen solchen Geldschein überhaupt sah. »Meine Güte, Ed! Ich danke dir«, sagte sie, »das ist ja reizend.«

Lisa quiekte vor Freude. »Himmel!«, rief sie. »Danke, Papa!«

»Schon gut, schon gut«, sagte das Familienoberhaupt. »Und jetzt fort mit uns! Nach Seaforth, oder? Wir könnten eigentlich erst einmal schwimmen gehen, was haltet ihr davon? Hinein in die Weihnachtsfluten!«

33

Doreen bringt einen großen Schinken und den Pudding«, sagte Mrs Parker zu Myra. »John und Betty bringen die Hühnchen, sodass sie sofort in die Röhre können. Ich stelle schon einmal den Backofen an. Wenn wir mit dem Gemüse fertig werden, bevor sie kommen, brauchen wir uns um nichts mehr zu kümmern. Abgesehen von der Soße natürlich.«

Myra schälte fünf Pfund Kartoffeln. Wenn man das Kleinkind mitzählte, würden sie beim Essen dreizehn sein. Unglückszahl, dachte sie, lassen wir den Kleinen lieber weg.

»Hast du mit Fay schon den Tisch gedeckt?«, fragte ihre Mutter. Sie wollten sich auf der hinteren Veranda um den Tischtennistisch quetschen; er war inzwischen mit Mrs Parkers bestem Tischtuch gedeckt, das noch aus ihrer Aussteuer stammte. Da es nicht ganz reichte, hatten sie ein Doppelbettlaken darunter ausgebreitet.

»Selbstverständlich«, sagte Myra. »Sie ist gerade dabei, die Servietten zu falten.«

Fay, die diese Kunst in ihrer Zeit als Cocktailkellnerin gelernt hatte, formte kleine Bischofsmützen aus den Servietten. Mrs Parker legte das Schälmesser beiseite und sah selbst nach dem Rechten. »Das ist ja entzückend«, sagte sie zu Fay. »Sieht richtig nobel aus!«

Viele Stunden später an jenem Tag spielte Fay mit Myras

Nichten auf dem Rasen Hüpfspiele, während die Neffen sich in den Bäumen herumbalgten und der Kleine völlig erschöpft auf einer Decke schlief. Die Männer tranken Bier, während Myra samt Mutter, Schwester und Schwägerin in Liegestühlen lagen und miteinander tratschten.

»Sieh zu, dass du einen Ehemann für Fay findest«, sagte Mrs Parker zu Myra. »Und zwar nicht so einen Nachtclubhelden, sondern was Nettes, Zuverlässiges. Schau doch mal, wie sie mit den Mädchen spielt. Sie kann gut mit Kindern umgehen. Bestimmt möchte sie heiraten und selbst welche haben.«

»Ich habe mein Bestes getan«, sagte Myra. »Aber Fay ist ein bisschen eigen.«

»Da hat sie auch vollkommen recht«, sagte Mrs Parker, »bei den Männern, die man heutzutage so zu Gesicht bekommt.«

»Aber Mama, was weißt denn du schon darüber?«, fragte Doreen. »Das würde dich überraschen«, sagte Mrs Parker.

»Sie meint die Sorte von Männern, mit denen ich ausgehe«, warf Myra ein.

»O Herr im Himmel«, sagte Doreen, und beide Schwestern fingen an zu lachen. »Siehst du Jacko Price noch ab und zu?«

»Ja, ab und zu«, sagte Myra.

»Nach dem, was dieser Mann alles angestellt hat, wünsche ich nicht, dass er hier noch einmal erwähnt wird«, bemerkte Mrs Parker mit strengem Blick.

»Ach, der ist schon in Ordnung«, sagte Myra. »Es gibt viel Schlimmere.«

»Von denen will ich erst recht nichts wissen«, sagte

Mrs Parker. »Aber ich wünschte mir, dass du einen netten Kerl für Fay finden könntest. Sie ist ein so nettes Mädchen, und es ist ein Jammer, dass sie noch keinen passenden Mann zum Heiraten gefunden hat. Das arme Ding. Hat praktisch keine Familie, die der Rede wert wäre. Sie braucht einen Ehemann.«

»Ja, Mutter«, sagte Myra, »ich glaube, du hast recht.«

»Natürlich habe ich recht«, sagte ihre Mutter.

34

Pech, dass Frank nicht dabei sein kann«, sagte Dawns Mann Bill freundlich.

Patty war bleich. »Ja«, sagte sie, »aber es lässt sich nicht ändern.« Ob sie Bescheid wissen, fragte sie sich. Was Mutter ihnen wohl erzählt hat?

Sie waren draußen im Garten, wo zwei zusammengeschobene Tische – zur Mitte hin hing das Gebilde etwa fünf Zentimeter durch – eine Tafel ergaben, die groß genug war, dass alle daran Platz fanden. Selbst für Frank hätte es noch gereicht. Patty fühlte sich alles andere als gut: Sie hatte sehr wenig gegessen und war darüber hinaus beunruhigt durch die scharfäugigen Blicke, mit der Joy sie in regelmäßigen Abständen bedachte. Sie tat ihr Bestes, verdammt, besser ging's nun einmal nicht. Aber sie wollte einfach in Ruhe gelassen werden, um nachdenken zu können.

Man war gerade mit dem Pudding fertig und wollte Knallbonbons ziehen; Dawn brachte eine große Teekanne, und Joy folgte ihr mit den Tassen.

Sie sind doch brav, meine Mädchen, dachte Mrs Crown. Ich kann mich nicht beklagen. Ach, meine liebe, arme Patty, meine Gute. »Komm, zieh diesen Knallbonbon mit mir, Patty«, sagte sie.

Der Knall erwies sich als weitere schlimme Belastung für Pattys Nerven. Sie entdeckte, dass sie einen kleinen

Zettel in der Hand hielt, auf den irgendein Spruch gedruckt war.

»Was steht denn drauf?«, fragte ihre Mutter.

Patty las vor: »Lache und die Welt lacht mit dir. Weine und du weinst allein.« Dann brach sie in Tränen aus und rannte ins Haus.

»Tante Patty fühlt sich nicht wohl«, sagte Dawn zu den Kindern, »also nehmt euch bitte zusammen. Wenn ihr mit den Knallbonbons fertig seid, geht wieder nach hinten und spielt. Ja, ihr dürft euch eine Höhle im Kaninchenstall bauen. Ihr könnt aber auch mit dem neuen Lotto spielen.«

Nachdem sie die Kinder abgelenkt hatte, warf sie Joy einen düsteren, vielsagenden Blick zu und folgte ihrer Mutter ins Haus. Joy, nun allein mit Mann und Schwager, zündete sich eine Zigarette an.

»Na ja«, sagte sie, »ich habe es Dawn ja gleich gesagt, dass dieses So-tun-als-ob lächerlich ist. Das konnte ja nicht gut gehen. Dieser Frank ist doch ein egoistischer Mistkerl. Arme, alte Patty. Ich an ihrer Stelle würde mich von ihm scheiden lassen.«

Bill fühlte sich sichtlich unwohl in seiner Haut; er wusste nicht so recht, wessen Partei er zu ergreifen hatte. Dave, Joys Ehemann, dem es sehr gut ging und bald noch besser gehen würde, bot seinem Schwager eine Zigarre an. »Er wird zurückkommen«, sagte er. »Das renkt sich alles wieder ein. Er muss nur erst mal mit sich selbst ins Reine kommen. Armer Kerl. Hast du das Bier in den Kühlschrank gestellt, Joy, wie ich dich gebeten hatte? Dann lasst uns mal ein paar aufmachen, nach all dem vielen Essen habe ich jetzt wirklich Durst.«

Joy entfernte sich, um sich am Abwasch zu beteiligen. Am Spülbecken stand Patty. »Nimm's nicht so schwer, Patty«, sagte sie. »Er kommt bald zurück. Dann wirst du dich gar nicht mehr daran erinnern, dass er mal abgehauen ist.«

Da hatte sie genau den Punkt getroffen: Das war ja das ganze Problem.

»Ich weiß nicht«, sagte Patty. »Warten wir's ab. Ich weiß nicht, was sein wird, wenn er zurückkommt.«

35

Zuerst gab es Gänseleberpastete auf hauchdünnem Toast, danach junge Ente mit schwarzen Kirschen, gefolgt von einer Eisbombe *Surprise* mit großen Mengen glasierter Früchte, und zu trinken gab es nichts außer Champagner. Ihnen allen war es in diesem Jahr recht gut ergangen, und sie rechneten damit, dass es im nächsten so weitergehen würde.

»Nicht alles ist aufs Beste bestellt in der besten der möglichen Welten, wie wir wissen«, sagte Stefan, »aber ich glaube, dass, insgesamt gesehen, für einige wenige gelegentlich ein gewisses Maß an Glück und Zufriedenheit möglich ist.«

»Stefan wird philosophisch«, sagte Rudi, »gebt dem armen Kerl noch ein Glas Schampus.«

»Weniger philosophisch«, widersprach Gyorgy, »als vielmehr aufgeblasen. Haut ihm eine rein, nicht zu fest, aber so, dass er's merkt.«

»Lasst ihn zufrieden«, sagte Eva. »Ich dulde an Weihnachten keine Schlägereien unter meinen Gästen. Bei einem solchen Anlass ist es sein Privileg, philosophisch oder sogar aufgeblasen zu sein. Lasst uns einen Toast ausbringen auf das *Commonwealth of Australia*! Was für ein Land! Ich kann mein Glück noch immer nicht fassen. Dass ich als Untertanin der englischen Königin enden würde – wer hätte das gedacht! Füll die Gläser, Sandor. Auf den Australischen Bund! Und auf die Queen!«

Unter herzlichem Gelächter wurden zwanzig Gläser erhoben und geleert, und dann zündete sich der erwachsene Teil der anwesenden *Continentals* vorwiegend ungarischer Herkunft Zigaretten und Zigarren an. Lange Zeit saßen sie beieinander und unterhielten sich. Dann gingen sie den Hang hinunter an den Strand von Balmoral und spielten ein Spiel, das entfernt an Fußball erinnerte.

»Es ist wunderschön hier«, sagte Magda zu Stefan, als die Sonne unterging, »einfach wunderschön.«

»Bist du glücklich?«, fragte er sie.

»Natürlich nicht!«, erwiderte Magda. »Was ist denn das für eine vulgäre Unterstellung? Du etwa?«

»Oje, meine Liebe«, sagte Stefan, »das hoffe ich nicht.«

36

So, liebe Lisa, würdest du nun bitte dafür sorgen, dass alle Kleider wieder in der Reihenfolge hängen, wie sie in meinem Bestandsbuch stehen«, sagte Magda. »Das wäre sehr lieb von dir. In ungefähr einer halben Stunde kommt Miss Cartright zu mir, und dann setzen wir die Schlussverkaufspreise fest. Wenn du heute Nachmittag oder morgen früh das Auszeichnen der Preisschilder hinter dir hast, sind wir fertig. Wie ich höre, gibt Mrs Bruce Pogue an Silvester eine *grande fête* – die Arme hat noch gar keine Ahnung, dass ihre Party mit meiner zusammentrifft. Ich habe ja schon die Sahne geschlagen. Es sollte mich doch verteufelt überraschen, wenn nicht heute oder morgen noch eine Anzahl Damen bei uns auftauchen würde, die verzweifelt nach einem Kleid für jenen Abend suchen. Sie werden mich fragen, ob ich ihnen nicht bereits Schlussverkaufspreise einräumen kann, und ich werde ihnen antworten, *mais non, madame,* ich bedaure sehr, das ist nicht möglich, es tut mir ja so leid! Und dann werden sie zahlen, damit sie nicht billig aussehen. *Vraiment on s'amuse ici.* So, hier ist das Bestandsbuch. Nimm es an dich und tu, was du kannst, *ma chérie*.«

Einmal mehr betrat Lisa das duftende Feenreich der Modellkleider, und sie bemerkte rasch, dass eine ganze Reihe seiner Bewohner seit ihrer letzten Begegnung verschwunden und in die Außenwelt entführt worden waren. *Tara* war ebenso fort wie *Minuit*. Ihr war fast übel vor Angst, als sie die Bestandsliste überflog, um auf schnellstmöglichem Wege *Lisettes* Schicksal zu erfahren. Kaum wagte sie, ihren Blick auf die letzte Rubrik zu richten. Der Platz war nicht ausgefüllt! Das Kleid war also noch nicht verkauft, sondern hing noch immer hier auf dem Bügel und wartete. Natürlich wartete es nicht auf sie, Lisa, das war unmöglich, aber in einem gewissen unbestimmten Sinne blieb es doch das ihre, solange es hier im Mahagonischrank bei Goode's weilte. Sie musste jetzt nur noch nachsehen, ob es tatsächlich noch da war.

Als sie es auf der Kleiderstange suchte, fand sie es ziemlich schnell – die weißen Rüschen hoben sich freudig von den nüchterneren Rändern seiner Nachbarn ab. Behutsam schob Lisa einen kleinen Zwischenraum frei, um *Lisette* besser betrachten zu können. Je öfter sie es ansah, desto schöner wurde das Kleid. Es war schließlich ein Kunstwerk. Sie verharrte in stiller Bewunderung.

Plötzlich spürte sie, dass hinter ihr jemand stand. Fast schuldbewusst drehte sie sich um und blickte in Magdas breit lächelndes Gesicht.

»Oh, Lisa!«, rief Magda aus. »Ich fürchte, du hast dich verliebt – ich hätte diese Gefahr voraussehen müssen. Ja, das ist ein hübsches Kleid, geradezu allerliebst, wirklich. Ich weiß gar nicht, warum wir es noch nicht verkauft haben. Es ist natürlich winzig, viel zu klein für die meisten unserer Kundinnen, und selbstverständlich auch viel zu jugendlich für sie, obwohl die Damen sich darum nicht scheren. Mrs Martin Wallruss hat es kaufen wollen, stell dir das einmal vor! Aber ich habe ihm ein solches Schicksal mehr als einmal erspart. *Eh bien*, jetzt werden wir es heruntersetzen müssen. Vielleicht kommt ein Mädchen mit Geschmack und Verstand, das sein Kleidergeld gespart hat, und rettet *Lisette*. Wie teuer ist es denn? Lass mich mal sehen – hundertfünfzig Pfund, so teuer ist das ja gar nicht. Ich schätze, im Schlussverkauf wird es fünfundsiebzig kosten, diese weißen Kleider werden so leicht schmuddelig, da müssen wir schon auf die Hälfte runter. Aber lass dich durch mich nicht länger von der Arbeit abhalten!« Sie rauschte von dannen, offensichtlich ohne die geringste Ahnung von der Katastrophe, die ihre Worte ausgelöst hatten.

Fünfundsiebzig Pfund! Erst jetzt wurde Lisa klar, dass sie in einem abgeschiedenen Hinterstübchen ihres Gehirns schon davon geträumt hatte, dieses Kleid eines Tages ihr Eigen nennen zu können. Ja, sie hatte sogar darauf spekuliert, dass der Schlussverkaufspreis ungefähr ihrem Gesamtverdienst bei Goode's minus der Ausgaben für die Weihnachtsgeschenke entsprechen würde. Sie bewahrte ihr Geld in einer Sparbüchse von der Post auf. Jetzt sah sie *Lisette* im Schrank eines Mädchens verschwinden, das sein Kleidergeld sinnvoll anzulegen wusste; sie selbst hatte es praktisch verloren, sah sich ihren Herzenswunsch aus der zögerlichen Hand gerissen. Es war ein Augenblick absoluter Niedergeschlagenheit. Lisa machte sich wieder an ihre Arbeit, doch lag die triste Stimmung plötzlich wie eine bleischwere Last auf ihr.

Auch die Cocktailkleiderabteilung war während der Tage zwischen Weihnachten und Neujahr vollauf mit Vorbereitungen für den Sommerschlussverkauf beschäftigt. Lisas Aufgabe bestand hauptsächlich im Überprüfen und Sortieren. Die letzten Arrangements sollten erst nach Ladenschluss am Silvesterabend getroffen werden. Ein Teil der Belegschaft würde extra zu diesem Zweck zurückbleiben. Sofort mit Öffnung der Tore am zweiten Januar würde der Schlussverkauf beginnen, und wenn sie, Lisa, bereits das Weihnachtsgeschäft für ein heilloses Chaos gehalten habe, dann solle sie erst einmal abwarten, wie es dann zugehe, sagte Miss Jacobs zu ihr. Gegen Mittag war Lisa mehr als froh, Goode's verlassen zu können. Sie saß am Archibald-Brunnen und starrte die Passanten an, beunruhigt durch ein aufkeimendes Gefühl der Unzufriedenheit, das – so sagte sie sich – weder die Folge der Unerreichbarkeit von *Lisette* war, noch der neuerlich aufflammenden Sorge um ihre Examensergebnisse und deren Konsequenzen entsprang. Das Schlimmste war nämlich die Tatsache, dass sie ihr Buch vergessen hatte; sie hatte nichts zu lesen.

37

Es geht um meinen Ehemann«, sagte Patty. Nervös saß sie auf der Stuhlkante.

»Ja, bitte?«, sagte der Arzt. Es war nicht ihr Hausarzt – der machte Urlaub –, sondern dessen Vertreter, den Patty aufgesucht hatte. Sie kannte ihn nicht. Er war jung, energisch, clever. Sie fühlte sich eingeschüchtert.

»Mein Ehemann«, sagte Patty, »er …«

»Mrs Williams, bitte erzählen Sie mir über Ihren Ehemann, wenn Sie wollen, doch am besten wäre es, er käme selbst vorbei. Ich kann sonst nicht viel für ihn tun.«

»Ja, das ist es doch gerade«, erwiderte Patty verzweifelt. »Er kann nicht kommen, weil er nicht da ist, wissen Sie. Er ist … fort.«

»Das müssen Sie mir genauer erklären«, sagte der Arzt.

»Nun, er ist vor genau einer Woche verschwunden. Ich habe keine Ahnung, wo er sich aufhält, er hat mir kein Wort gesagt. Inzwischen mache ich mir Sorgen um seinen Arbeitsplatz. Ich habe angegeben, dass er diese Woche krank ist, aber Anfang nächster Woche rechnen sie wieder mit ihm. Ich weiß nicht, was ich noch sagen soll.« Sie begann zu weinen.

Der Arzt saß ihr gegenüber und sah sie an. »Das klingt mir nach einer Situation, die nicht ewig Bestand haben kann«, sagte er. »Hat er so etwas schon früher einmal getan?«

»Aber nein«, schluchzte Patty. »Ich weiß gar nicht, was in ihn gefahren ist.«

»Haben Sie die Polizei informiert?«, wollte der Arzt wissen.

»Ja, aber da heißt es nur, dass das immer wieder vorkommt. Die meisten kommen zurück, meinen sie. Ich habe gerade vorhin erst eine Vermisstenanzeige aufgegeben. Es kann ja sein, dass er einen Unfall hatte oder so. Ich weiß es nicht. Aber wenn er nächste Woche nicht zurückkommt, muss ich doch seiner Firma irgendetwas sagen können.«

»Ich sehe, worin das Problem liegt«, sagte der Arzt kühl. »Aber ich kann wohl kaum ein Attest ausstellen für einen Patienten, den ich noch nicht einmal gesehen habe, das ist Ihnen doch sicher klar.« Dann siegte unvermittelt die Menschlichkeit über seine Prinzipien, und es gelang ihm fast ein Lächeln für das verheulte Wesen, das da vor ihm saß. »Ich mache Ihnen einen Vorschlag«, sagte er. »Was halten Sie davon? Wenn Ihr Gatte bis Neujahr nicht zurückgekehrt ist, rufen Sie seinen Boss an und sagen, der Arzt – nennen Sie auf keinen Fall meinen Namen! – der Arzt glaubt, dass Ihr Mann eine Gürtelrose hat. Verstehen Sie? Eine Gürtelrose ist die Lösung. Kein Mensch weiß, woher sie kommt und aus welchen Gründen man sie bekommt, und niemand kann sagen, wie lange sie bleibt. Das Einzige, was alle über die Gürtelrose wissen, ist, dass sie verdammt wehtut und dass jemand, der an Gürtelrose leidet, mit Sicherheit nicht arbeitsfähig ist. Wenn Ihr Mann wiederkommt – ich meine, falls er wiederkommt –, schicken Sie ihn sofort zu mir in die Sprechstunde, damit ich ihm ein Attest schreiben kann, sofern er es haben will. Wir werden uns dann etwas ausdenken müssen, was mehr oder weniger den Tatsachen entspricht. Doch vorerst sagen Sie den Leuten, dass der Doktor es für eine Gürtelrose hält und nicht sagen kann, wie lange sie dauern wird. Wie gefällt Ihnen das?«

»Ich danke Ihnen, Herr Doktor«, sagte Patty kläglich. »Das werde ich sagen, ja. Gürtelrose.«

»Und wie geht es Ihnen denn zurzeit, Mrs Williams? Sie sehen ein wenig angegriffen aus, was unter den gegenwärtigen Umständen ja auch verständlich ist. Geben Sie auf sich acht. Haben Sie Familie? Verwandte, die sich ein wenig um Sie kümmern können? In solchen Zeiten braucht man moralische Unterstützung. Nehmen Sie die Sache nicht zu schwer. Er wird schon wiederkommen – warum auch nicht? So etwas kommt bei Männern schon ab und zu mal vor, ich weiß auch nicht warum. Ein bisschen verstockt sind sie, wissen nicht, wie sie ihre Gefühle ausdrücken sollen, eine dumme Sache eigentlich. Haben Sie normalen Appetit? Schlafen Sie gut? Na schön. Kommen Sie wieder vorbei, wenn Sie glauben, dass ich etwas für Sie tun kann. Und lassen Sie den Kopf nicht hängen. Dann also, Mrs Williams, guten Abend.«

Patty fühlte sich noch immer so müde, dass sie, obwohl es erst halb neun war, als sie vom Arzt zurückkam, auf der Stelle hätte zu Bett gehen können. Sie sah noch ein wenig fern, dann gab sie den Kampf auf und kroch ins Bett. In der Dunkelheit erinnerte sie sich plötzlich an ein Lied, dass sie vor langer, langer Zeit einmal gehört hatte. Hatten sie es in der Schule gesungen – oder wo sonst?

Swing low, sweet chariot, comin' for to carry me home
Swing low, sweet chariot, comin' for to carry me home.

Patty weinte noch eine Weile, dann schlief sie ein.

38

Und wenn wir die Ärmel raustrennen würden?«, fragte Lisa. »Ginge das?«

»Das ginge schon«, sagte ihre Mutter. »Aber dann müssten wir die Armlöcher einfassen. Ich könnte allerdings einfach eine Borte aufnähen. Das geht und fällt keinem Menschen auf.«

Lisa setzte sich und löste die Ärmelnähte. Ihre Mutter fand eine schräggestreifte Borte und nähte sie um die Armlöcher. Dann zog Lisa das Kleid wieder an.

Es war das Kleid, das Mutter ihr für den Abschlussball der Schule genäht hatte; es bestand aus englischer Stickerei, hatte einen gerafften Rock und – bis vor Kurzem – Puffärmel. Lisa betrachtete sich im Spiegel. »Und wenn wir den Saum auslassen?«, fragte sie. »Glaubst du, das wäre besser?«

»Ach, du möchtest es lang, ja?«, sagte ihre Mutter.

»Nein, nur länger.« Lisa zog das Kleid wieder aus und sah sich den Saum an. Es waren gut und gerne zwölf Zentimeter, die noch ausgelassen werden konnten.

Ihre Mutter hatte die Gewohnheit, in alle Kleider breite Säume zu nähen, seit Lisas Kindertagen nie aufgegeben. Jetzt trennte sie die Saumnaht auf. »Ich fürchte, das sieht man«, sagte sie. »Ich wasche es am besten erst einmal.«

Gegen Abend war es fast trocken. Lisa bügelte es und

schlüpfte wieder hinein. »Doch, das wirkt jetzt gewiss erwachsener«, sagte ihre Mutter. »Es sieht sehr gut aus.«

»Ich glaube, ich brauche dazu einen Gürtel«, sagte Lisa. »Morgen in der Mittagspause könnte ich mir einen kaufen. Vielleicht einen silbernen.«

»Ja, der würde gut dazu passen«, sagte ihre Mutter. »Mit einem silbernen Gürtel und deinen hochhackigen weißen Sandalen wirst du in diesem Kleid ganz großartig aussehen.«

»Es wird schon gehen. Es ist sowieso nur eine Party und keine *grande fête*.«

»Es wird sicher sehr schön. Du hast wirklich Glück, dass du in deinem Alter schon zu einer Erwachsenenparty gehen darfst. Dass du dich nur anständig benimmst! Es war sehr nett von Magda, dich einzuladen.«

»Und von Stefan«, ergänzte Lisa.

»Ja, von Stefan auch«, sagte ihre Mutter.

Ich bin gespannt, wie es wird, sagte sich Fay. Was sie wohl für eine Wohnung hat? Todschick sicherlich? Magda hatte ihre Adresse auf einen Zettel geschrieben. Mosman. Ich kenne sonst niemanden in Mosman, dachte Fay. Dort leben viele Europäer. Wahrscheinlich ist die Wohnung ganz modern eingerichtet, darauf legen die Europäer viel Wert. Was soll ich bloß anziehen?

Sie nahm alle Kleider aus dem Schrank, die infrage kamen, musterte sie kritisch und überlegte, welches wohl am ehesten dazu angetan war, einen Europäer mit einer Vorliebe für das Moderne zu beeindrucken. Okay, ich ziehe das grün-weiß Gestreifte an. Das ist das neueste … Sie war sehr nervös. Warum hat sie ausgerechnet mich eingeladen?, dachte sie. Magda, ihr Mann und ihr Freundeskreis. Lauter *Continentals*. Ob sich von denen überhaupt jemand mit mir unterhalten wird? Wahrscheinlich sind sie ohnehin alle viel älter. Aber wie dem auch sei – immerhin ist es mal eine Abwechslung. Wenn's mir nicht gefällt, kann ich ja früher nach Hause gehen. Jetzt kümmere ich mich erst mal um meine Frisur und meine Nägel, dann bin ich so weit fertig für morgen Abend. Auf jeden Fall ist es mal was anderes.

39

Lisa! Rudi kennst du ja schon. Er steht da drüben am Fenster und hat dich noch nicht gesehen. Aber Moment! Tritt mal einen Schritt zurück, damit ich dich bewundern kann. *Oh, là, là,* wie entzückend du heute Abend aussiehst! Eine Frau erblüht erst am Abend so richtig. Und hier ist Stefan. Was möchtest du trinken? Gib ihr ein Glas Punsch, Stefan. Ich glaube doch, dass sie mindestens einmal in ihrem Leben davon versucht haben sollte. Aber sei vorsichtig, Lisa. Er hat eine Atombombe da drin versteckt, der Punsch ist tückischer, als er aussieht. *Voilà!*

Komm, lass dir Sandor und Eva vorstellen. Und das ist Miklos, ihr Sohn – oder Michael, worauf er neuerdings besteht. Er ist ein echter Aussie inzwischen und vergisst allmählich sogar sein Ungarisch. Hat gerade die Schule hinter sich, genau wie du. So, nun entschuldige mich bitte einen Augenblick. Ich muss ein paar Neuankömmlinge begrüßen … George, Anna, Bella, Trudi, na endlich, so kommt doch herein und holt euch einen Drink, ach was, gleich zwei, ihr müsst ja aufholen! Oh, du hast deine Geige mitgebracht, das ist wunderbar. Ja, ihr seht, wir haben eine kleine Tanzfläche freigeräumt, falls jemand der Versuchung nicht widerstehen kann. Fay! Kommen Sie, das ist Bela, er spielt die Geige für Sie, wenn Sie ihm ein hübsches Lächeln schenken –

kann ich vielleicht noch einen Drink bekommen, Stefan, bitte, hier bin ich!

Miklos, kennst du Trudi schon? Anna, das ist Lisa, eine Arbeitskollegin, meine große Stütze. Aber sie ist sehr klug und wird bald nach höheren Zielen streben – Sandor, so bedien dich doch, es ist genug Punsch da. Oh, es hat schon wieder geklingelt, entschuldigt mich … Janos, du kennst ja alle, glaube ich. Sekt! Eine Magnum! Du bist mir doch der Allerliebste – sollen wir den für Mitternacht aufbewahren? Also, dann schenk dir einen Punsch ein, wenn du dich traust; wenn nicht, haben wir auch Wein, roten und weißen. Und das hier ist Lisa, die du noch nicht kennst, genauso wenig wie Fay. Entschuldigt mich, Anton und Marietta sind gerade gekommen und haben, glaube ich, noch wen mitgebracht. Ich muss mich um meine Pflichten als Gastgeberin kümmern …

Laszlo! Endlich! Ja, du kommst noch rechtzeitig, aber in einem Punkt bist du zu spät dran. Sie tanzt nämlich schon mit Rudi, wie du siehst, und der sieht besser aus als du, aber über die Geschmäcker lässt sich natürlich streiten. Komm, ich möchte dich Lisa vorstellen – nein, wieder zu spät, sie tanzt schon mit Miklos, der sich neuerdings Michael nennt. Na, dann tanzt du am besten mit Anna, sie redet ja nur mit Stefan, ich habe keine Ahnung, warum. Los, ab mit dir!

Uff, Stefan, wie findest du den Punsch? Gut. Sind jetzt alle da? Kann ich mich entspannen? Wir haben fünfzig Leute eingeladen, aber hier sind doch inzwischen mindestens fünfundsiebzig! Ich weiß nicht, ob das Essen für alle reicht. Ja, zum Teufel, es muss! Gib mir noch etwas Punsch, jetzt bin ich diejenige, die aufholen muss. Fay tanzt noch immer mit Rudi, und Lisa unterhält sich mit Miklos oder Michael, *ça c'est bon*. Alle scheinen sich zu amüsieren – da darf ich dann wohl ihrem Beispiel folgen, meinst du nicht? Oha, Bela holt seine Geige heraus, wenn die Platte abgelaufen ist, wird er spielen. Gib ihm noch einen Drink. Betrunken spielt er immer viel besser. Wie gut Sie tanzen, Fay, ich bewundere Sie schon die ganze Zeit. Schade, dass Sie keinen besseren Partner haben, aber immerhin ist er mit Begeisterung dabei. Gleich wird Bela spielen, da können Sie dann ein paar ungarische Tänze lernen, die sind ganz leicht … Jetzt! Wir nehmen uns alle an der Hand, und dann …

Oh, mein Gott, ich dachte, ich würde mich auf der Stelle totlachen – Stefan, wo ist der Punsch? Hast du noch einen angesetzt? Dann hast du wohl noch eine Ersatz-Atombombe parat, was? Du hast wirklich an alles gedacht. Aber jetzt schau dir den Anton an, der fällt gleich aus dem Fenster. Gib mir noch einen Drink!

Lisa, vergiss nicht, etwas zu essen, sonst steigt dir der Punsch zu Kopf und deine Mutter wird mir niemals vergeben. Nimm ein paar Kanapees, so ist's recht – Michael! Nehmt doch den ganzen Teller und esst sie gemeinsam, ihr seid junge Menschen und müsst euch gut ernähren! Oh, die Musik beginnt wieder, tanzen wir …

Trinkt doch noch was, Stefan hat frischen Punsch gemacht … Trudi … Laszlo: Weißen oder Roten? Oh, ein Walzer, das ist nett. Esst noch was.

Lisa, George und Anna werden dich nach Hause bringen, das ist kein Problem, sie wohnen in Linfield … Fay? Ja, wenn Sie ihm zutrauen, dass er noch so weit kommt. Sie haben ja seinen Wagen noch gar nicht gesehen, die alte Klapperkiste. Sagen Sie ja nicht, ich hätte Sie nicht gewarnt. Frohes neues Jahr! Gute Nacht, gute Nacht – ja, natürlich, guten Morgen! Fahrt vorsichtig! Glückliches neues Jahr! Mein Gott! Ich dachte schon, die gehen nie. Es ist schon zwei, oder? Drei? Dachte ich's mir doch. Ich liebe dich auch. Frohes neues Jahr!«

40

Kaum waren die großen Türen geöffnet worden, da stürmte eine geschlossene Front wild dreinblickender Frauen durch die Bresche und stürzte die Marmortreppen hinunter. Es hat gute fünf Minuten gedauert, bis die ganze Meute an mir vorbei war, konstatierte der livrierte Türsteher, der in gebührendem Sicherheitsabstand Aufstellung genommen hatte. Gut gemacht, meine Damen! Der fliegende Start ist prächtig gelungen, genauso wie in den letzten zehn oder zwölf Jahren, soweit ich mich entsinne.

Er wusste natürlich, dass dies erst die Vorhut gewesen war. In der nächsten Stunde war mit weiteren starken Einfällen zu rechnen; danach, bis zur Mittagspause, würde der Nachschub ein wenig abschwellen, um dann den gesamten Nachmittag über in nach wie vor beachtlicher Stärke hineinzubranden. Das Eliteregiment des ersten Tages würde später durch die kaum weniger entschlossenen Bataillone des zweiten und der folgenden Tage ersetzt werden. Insgesamt gesehen würde sich Goode's in den nächsten zehn Tagen als Schlachtfeld präsentieren, auf dem man Auszeichnungen erwerben und sie sich in der Tat auch verdienen konnte; Trophäen würden zur Schau gestellt werden; Gefallene mochte es keine geben, aber mit Verwundungen der einen oder anderen Art war unbedingt zu rechnen: Der Schlussverkauf hatte begonnen.

In jedem Stockwerk des großen Gebäudes bot sich im Wesentlichen der gleiche Anblick: Hunderte von Frauen, die jede Zurückhaltung und Würde über Bord geworfen hatten, kämpften um Besitzrechte an Kleidern, Röcken, Strickjacken, Schuhen, Blusen und Hüten zu stark reduzierten Preisen. Wer hätte ihnen das vorwerfen, wer sie auch nur kritisieren können? Die treibende Kraft hinter ihrem Tun war nicht bloße Gier oder Eitelkeit, sondern ein biologisches Gesetz, das sie dazu zwang, sich schön zu machen, und nun hofften sie, dieses Gebot erfüllen zu können, ohne sich dabei finanziell zu ruinieren. Sie wandelten auf einem uralten Grat: Einigen von ihnen würde dank überlegenen Geschmacks, außergewöhnlichen Glücks oder einer Kombination aus beidem Erfolg beschieden sein, und in der Hoffnung darauf reisten sie in Hundertschaften an – aus dem fernen Kogarah, dem entlegenen Warrawee, dem unmöglichen Longueville, ja sogar aus Wollstonecraft, und der Livreeleutnant wünschte ihnen viel Glück.

Die waschechte North-Shore-Matrone war ebenso dabei wie Joy, und Myra war da mit Aufträgen von Doreen und einigen persönlichen Bedürfnissen. Die Mutter der notorischen Söhne von Franks Chef war da, und die Söhne hatte sie gleich mitgebracht; sie steuerten unverzüglich auf die Kinderschuhabteilung zu. Mrs Miles war von Lisa überredet worden, sich doch die Sport- und Freizeitmode zumindest einmal anzusehen und dabei die Möglichkeit, ihre zwanzig Pfund für ein paar neue Kleider auszugeben, wenigstens zu erwägen. Schließlich würde sie die neuerworbenen Gewänder ohne viel Hin und Her anziehen können – vor allem ohne zusätzliche Sklavenarbeit an einer heißen, bockigen Nähmaschine.

»Unter dem Strich kommt es dich nicht teurer, Mama«, sagte Lisa, »weil ja noch mein Mitarbeiterrabatt dazukommt.« Sie hatten ausgemacht, sich in der Mittagspause zu treffen und gemeinsam die Lage zu peilen.

Eva, Trudi, Anna und Marietta erschienen allesamt noch in der ersten Stunde nach Öffnung des Kaufhauses. Dawn traf kurz vor der Mittagspause ein. Sie betrat das Gebäude im Schlepptau von Lady Pyrke, die seit dreißig Jahren pünktlich an diesem Tag um die gleiche Zeit erschien, um ungefähr ein Dutzend Garnituren Unterwäsche zu stark herabgesetztem Preis zu erwerben. Nach Beendigung dieser feierlichen Handlung ging sie zu Fuß, und ohne von der Hitze und den Menschenmassen auch nur Notiz zu nehmen, zum Queen's Club, nahm dort etwas pochierten Fisch zu sich und genehmigte sich, ein Exemplar von *Time and Tide* aufgeschlagen über ihrem Schoß, ein ausgiebiges Mittagsschläfchen. Ihr Chauffeur hatte die Instruktion, sie um drei Uhr abzuholen.

Einzige Insel der Ruhe in diesem Irrenhaus war natürlich die Modellkleidergrotte, wo trotz Schlussverkauf die Etikette gewahrt wurde. Wer nicht gleich durch den ersten Blick auf die Preise verschreckt wurde, der wurde spätestens durch die strengen Blicke Magdas zur Ordnung gerufen. Ihr genügte ein flüchtiger Blick, um eine potenzielle Kundin zu erkennen. Sie wusste nicht nur, wer schon in diesem Jahr etwas kaufen würde und wer, bei gutem Zureden, erst beim nächsten Mal so weit war, sondern sie erkannte auch sofort die Frauen, die nie ihre Kundinnen werden würden. Bei Joy hätte sie vermutlich leicht gelächelt; bei Dawn kaum merklich die Stirn gerunzelt. Zurzeit – es war kurz vor 15 Uhr – waren Mrs Martin Wallruss und Mrs Bruce Pogue ihre Gäste. Die beiden Damen hatten bei Romano's zu Mittag gegessen und waren gekommen, um *das* Angebot der Saison wahrzunehmen: drei Kleider zum Preis von zweien. Dutzende von Partys standen noch bevor. Die letzte Spalte in Magdas Lagerverzeichnis füllte sich flott, und Lisa, die aus dem Chaos bei den Cocktailkleidern ab und zu herübersah, fragte sich bangen Herzens, ob sie *Lisette* je wiedersehen würde.

41

»Rudi, was treibst du denn hier? Willst du etwa ein Kleid kaufen?«

»Meine liebe Lisa – ich hatte ganz vergessen, dass dies hier auch deine Domäne ist. Ist das nicht ein schönes Wort, Domäne? Nun, um dir die Wahrheit zu sagen – und da du eine gute Freundin bist, kann ich wohl davon ausgehen, dass du ein Geheimnis für dich behalten kannst: Ich möchte ein paar Worte mit Fay wechseln. Ist sie da? Oh, wie ungünstig. Nun, dann warte ich eben, bis sie zurückkommt. Vielleicht kaufe ich doch ein Kleid – so billig, wie sie derzeit sind, wäre es ja eine Dummheit, darauf zu verzichten … Welches kannst du mir denn empfehlen? Dieses hier vielleicht? Würde es mir stehen?«

»Rudi, du musst gehen. Miss Jacobs bekommt einen Anfall, wenn sie mich dabei erwischt, wie ich mit dir rede. Geh jetzt und komm in ungefähr zehn Minuten wieder.«

»Bitte, wenn du mich hier nicht haben willst … Ich werde dann eben Magda guten Tag sagen, wo finde ich sie denn? Ach ja, ich sehe sie schon, danke dir. Sie wird mich auch nicht in ihrer Nähe haben wollen, aber das werde ich einfach ignorieren. Also dann auf Wiedersehen, fürs Erste.«

»Fay, Rudi ist hier und sucht dich. Er ist bei Magda.«

»O Gott, danke, ich geh gleich mal rüber zu ihm.« Der

freudige Glanz, der plötzlich in ihren Augen lag, war unübersehbar. Meine Güte, dachte Lisa. So ist das also.

»Fay, endlich! Da ich dich nicht anrufen konnte, habe ich in der Mittagspause den weiten Weg auf mich genommen, um dich zu sehen. Ich wollte dich fragen, ob du das Risiko auf dich nehmen willst, am Freitagabend mit mir auszugehen. Bitte sag ja. Wir können ins Kino gehen und dann zum Essen – oder was immer du möchtest. Sag ja, bitte. Über die Einzelheiten können wir dann am Telefon sprechen, wenn du mich heute Abend anrufst. Hier ist meine Nummer. Ich freue mich riesig. Heute Abend also, nicht vergessen!«

»Lesley, meinetwegen Lisa, da hat gerade vor einer halben Stunde ein gewisser Michael Foldes angerufen und sich nach dir erkundigt. Er sagte, er probiert es heute Abend noch einmal. Ach ja, ich verstehe. Hmmm. Also, wenn er mit dir ausgehen will, dann muss er dich hier abholen, damit ich ihn kennenlernen kann. Auch wenn er ein Freund von Magda ist, kenne ich ihn nicht, und überhaupt: Wie soll er dich respektieren, bevor er deine Eltern kennt oder zumindest mich? Ja, gut, dann muss er eben bis Samstagabend warten. Wenn er dich wirklich gern hat, dann kann er das ohne Weiteres, genauso wie du. Ich hoffe, er ist nicht zu alt für dich. Nein, dagegen ist nichts einzuwenden. Hat als Schafscherer gearbeitet? Nun, dann geht das ja wohl in Ordnung. Er klang sehr nett, sehr höflich. Und überhaupt nicht europäisch. Ja, wenn er hier aufgewachsen ist, dann ist er wohl schon ein richtiger Australier. Hör, da klingelt das Telefon schon! Geh du nur ran, vielleicht ist er es.«

»Dave hat gesagt, dass ich fünfzig Pfund ausgeben darf, also habe ich mir die Cocktailkleider angesehen – du weißt ja, wir haben jetzt bald diesen Empfang. Aber ich konnte nichts finden, was mir gefiel. Ich seh mich mal bei Farmer's um, oder ich warte, bis der Schlussverkauf in Double Bay anfängt. Ich glaube, bei Jay's ist er nächste Woche. Ich hab was für die Kinder gekauft, du auch? Ja, das hat sich wirklich gelohnt. Patty habe ich auch gesehen, aber nur ganz kurz. Sie hatte furchtbar viel zu tun, und ich konnte nicht warten. Und du? Ja, aber so blass ist sie eigentlich immer, so groß ist der Unterschied nicht. Und wie, denkst du, wird es weitergehen? Jetzt ist er schon fast zwei Wochen fort. Sieht nicht so aus, als hätte er's besonders eilig, zurückzukommen. Wenn er zurückkommt. Würde mich nicht wundern, wenn er einfach durchgebrannt ist. Nicht die schlechteste Lösung. Ja, gut, sie vermisst ihn vielleicht jetzt, aber da kommt sie drüber hinweg. Sie hat ja keine Kinder, die sie dauernd an ihn erinnern. Der einzige Mensch, um den sie sich Sorgen machen muss, ist sie selbst. Wenn sie sich am Riemen reißt und sich ein bisschen aufmöbelt, bleibt ihr noch genug Zeit für einen Neubeginn.

Sie ist schließlich kein Kind mehr, um Gottes willen. Ist alt genug, sich um sich selbst zu kümmern – sie ist älter als ich. Ich kann doch nicht dauernd hinter ihr her sein. Warum geht sie nicht zu Mama und bleibt bei ihr? Sie kann ihm doch einen Zettel hinlegen – wäre mehr, als er für sie getan hat. Wenn Dave mir so etwas antäte, würde ich mich sofort von ihm scheiden lassen. Okay, hör zu: Ich rufe sie heute Abend an und frage, was sie am Wochenende vorhat. Wenn sie will, kann sie mit uns an den Strand fahren, aber wahrscheinlich will sie nicht. Okay, ich habe gesagt, ich ruf sie an, also tue ich es auch, aber ich kann wirklich nicht begreifen, dass du ein solches Theater darum machst. Sie ist alt genug, sich um sich selbst zu kümmern. Ja, okay. Tschüss.«

Joy legte den Hörer auf und inspizierte ihre Fingernägel. Darauf hätte ich achten sollen, dachte sie. Ich wusste doch, dass ich was vergessen habe. Im Schlussverkauf gibt es bei Goode's manchmal echte Schnäppchen in der Kosmetikabteilung. Na, egal. Ich muss jetzt die Kinder waschen. »Kinder!«, rief sie. »Rein mit euch! Zeit für die Badewanne!« Denk dran, Patty anzurufen, wenn die Kleinen gefüttert sind, ermahnte sie sich. Oje!

42

Ein paar Minuten blieben Lisa noch bis zum Ende der Mittagspause, und so schaute sie kurz bei den Modellkleidern vorbei, um Magda guten Tag zu sagen.

»Mon Dieu!«, rief diese. »Hier ging es zu wie im Irrenhaus. Sieh dir das einmal an!« Sie wies mit der Hand auf die Modellkleider in ihren Mahagonischränken. Die Ränge hatten sich tatsächlich ernsthaft gelichtet; Mrs Bruce Pogue und Mrs Martin Wallruss waren andere Damen gleicher Provenienz gefolgt, sodass den restlichen Kleidern reichlich Platz zum Atmen blieb. Lisa wagte kaum, genauer hinzusehen, erspähte aber ihre große Liebe auf den ersten Blick. Unwillkürlich durchfuhr sie ein leichtes Zittern, was Magda nicht entging. »Geh nur hin und sieh sie dir an«, sagte sie. »Vielleicht ist ja noch das eine oder andere übrig, das dich in Versuchung führen könnte.«

Lisa lachte gezwungen. »Ich habe schon längst gefunden, was ich will«, sagte sie.

Wieder ruhte Magdas Blick auf ihr. Aha, ein Fall von wahrer Liebe, dachte sie – und beschloss spontan, sie zu billigen. Wichtiger war ihr etwas anderes: die Kultivierung des Geschmacks, und wenn diese mit einem gewissen Maß an Herzeleid verbunden sein sollte, so war das nicht zu ändern. »O ja, die kleine *robe de jeune fille*. Ich fürchte nur eines: Während all die *jeunes filles* in dieser Stadt, die über genügend Bargeld verfügen, eher wie Frauen von Welt erscheinen wollen, legen ihre Mütter Wert darauf, jung auszusehen. Das Kleid wird also keiner gerecht: zu klein für die *mamans,* zu jung für die *débutantes.* Ich mag es nicht mehr. Wie wär's? Willst du nicht morgen in der Mittagspause vorbeikommen und es anprobieren? Es hat genau deine Größe, glaube ich. Gestatte dir für ein paar Minuten eine *phantasie,* das ist Balsam für die Seele. Und zieh die hochhackigen Schuhe an, die erhöhen den Effekt.«

»Oh«, sagte Lisa erschüttert, »darf ich das wirklich? Das wäre wunderbar …«

»Ach, das ist doch nicht der Rede wert«, sagte Magda, »aber ich übernehme keinerlei Verantwortung, wenn du danach eine Bank überfällst, um dir das Kleid kaufen zu können. Kann allerdings sein, dass ich es heute Nachmittag oder morgen früh noch verkaufe – wir müssen es einfach auf uns zukommen lassen.«

»Bitte, sag nicht so was«, erwiderte Lisa. »Bitte, verkauf es nicht!«

»Ein solches Versprechen könnte ich nie geben«, sagte Magda und lachte herzlich und aufrichtig.

Lisette war natürlich die Erfüllung aller Hoffnungen, aller Träume. Wie alle großen Kreationen der französischen *Couture* war es von seinem Schnitt her dafür bestimmt, nicht nur für sich allein schön auszusehen, sondern auch einen weiblichen Körper zum Erblühen zu bringen. Es gewann dann Vitalität und Bewegung, das heißt Rhythmus – und wurde am Ende selbst zu einem Teil des Körpers. Überwältigt stand Lisa vor dem großen Spiegel. Da auch der Spiegel auf der gegenüberliegenden Seite des Salons ihr Bild reflektierte, konnte sie sich gleichzeitig von hinten sehen. Sie schwang ein wenig hin und her, um zu sehen, wie der dreilagige Rock wirkte, wenn er durch die Luft wirbelte. Das Kleid passte ihr wie angegossen; das Mieder war fast ein bisschen eng. Ihre Arme und Beine, die jenseits der Rüschen über den Schultern und unterhalb des Rocksaums auftauchten, wirkten jetzt nicht mehr dünn, sondern schlank. Das Kleid verwandelte Lisa in jeder Hinsicht, und die Offenbarung, die über sie gekommen war, als ihr zum ersten Mal die Modellkleider gezeigt wurden, war vollendet.

Worte erübrigten sich, und selbst Magda verstummte diesmal, zumindest für eine ganze Minute. Sie lächelte. »Ach ja«, seufzte sie. »Sollen wir es Ihnen liefern, *Mademoiselle,* oder wollen Sie es gleich mitnehmen?«

Lisa lachte. »Ich behalt's gleich an«, sagte sie. »Könnten Sie mir meine anderen Kleider einpacken? Und schreiben Sie mir die Rechnung wie gewohnt aus.«

In diesem Augenblick erschien Miss Cartright, um Magda während der Mittagspause abzulösen.

»Was geht denn hier vor?«, fragte sie. »Arbeitet Lisa jetzt als Mannequin für Sie, Magda? Das war eigentlich nicht vorgesehen.«

»Sie hat Mittagspause«, sagte Magda. »Im Augenblick ist sie hier nur Kundin. Sie probiert ein Kleid an, das es ihr angetan hat, aber der Kauf ist noch nicht besiegelt.«

»Aha«, sagte Miss Cartright. »Wie teuer ist denn die Verlockung? Fünfundsiebzig, nicht wahr? Nun, das ist ja schon ein Gelegenheitskauf.«

»Wissen Sie«, sagte Magda, »ich frage mich, ob es nicht vielleicht noch günstiger wird, wenn wir es bis Mitte nächster Woche nicht verkauft haben. Sie sehen ja selbst, es wird schon schmuddelig, wie all diese weißen Kleider.«

»So ist es«, sagte Miss Cartright. »Na gut, sagen wir mal fünfzig nach nächstem Mittwoch, wenn es bis dahin noch nicht weg ist. Aber das ist nicht sehr wahrscheinlich. Wie laufen die Geschäfte sonst? O ja, ich sehe. Prächtig! Nun ja, bei unserem Sachverstand! Aber Sie müssen Hunger haben, gehen Sie zum Essen.«

Lisa zog sich in den Umkleideraum zurück. Nachdem sie *Lisette* wieder auf den Bügel gehängt hatte, verbrachte sie den Rest der Mittagspause im Hyde Park. Fiel der Preis von *Lisette* tatsächlich auf fünfzig Pfund, würde das Geld in ihrer Sparbüchse fast reichen. Der Gedanke, diese bei Weitem größte Summe auszugeben, die ihr je zur Verfügung gestanden hatte und mindestens für zehn normale Kleider zu den üblichen Einzelhandelspreisen gut war, hatte etwas ungemein Betörendes an sich.

43

In all den Tagen, in denen Patty weder ein noch aus wusste, hatten das Weihnachtsgeschäft und der Schlussverkauf ihre Kolleginnen so auf Trab gehalten, dass keiner von ihnen ihr verändertes Verhalten auffiel. Sie war, wie Joy bemerkt hatte, ein blasses Wesen, und wenn ihr meist belangloses Geplauder mit den freizügigen, aber wenig erhellenden Anspielungen auf ihren Ehemann verstummt war, so mochte dies am Mangel an Gelegenheiten liegen: Die Kundinnen und deren Bedienung hatten jeden freien Augenblick in Anspruch genommen. Patty hatte in dieser Phase verbissen geschuftet, war aber jeden Abend von einer überwältigenden Erschöpfung heimgesucht worden, die ihr Angst und Bange machte. Sie hatte kaum noch Appetit, ernährte sich von Tomaten und kalten Schinkenscheiben und trank den Tee, für sie ungewohnt, ohne Milch. Bin ich so müde, weil ich mich krank fühle, fragte sie sich, oder fühle ich mich krank, weil ich so müde bin?

»Versuch einfach, dir nicht dauernd Gedanken zu machen«, sagte Dawn. »Er wird schon wiederkommen.«

Nein, sie machte sich keine Gedanken, wirklich nicht. Sie war einfach zu müde und zu fertig, um sich noch Gedanken zu machen. Selbst ihre Wut war verflogen. Sie brauchte einfach all ihre Gedanken für sich selbst, weil sie, so gut es ging, weitermachen musste wie bisher: Sie ging morgens zu Goode's, musste irgendwie den Tag überstehen, irgendwie wieder nach Hause kommen und sich auf den nächsten Tag vorbereiten.

»Hör zu«, sagte Joy. »Versuch, ihn zu vergessen, zumindest so lange, bis er sich wieder blicken lässt. Kauf dir ein paar neue Klamotten, mach mal Urlaub. Steht bei dir nicht ohnehin Urlaub an? Fahr doch mit Dawn nach Bateman's Bay. Gönn dir mal was. Komm am Samstag mit uns zum Strand, wir wollten nach Manly raus, gib dir einen Ruck.«

Ach, sie war so müde. »Ich werd mal sehen«, sagte sie. »Ich sag dir Bescheid. Ich ruf dich am Samstag an.«

»Komm und bleib bei mir«, sagte Mrs Crown. »Es wird so sein wie früher. Du kannst Frank doch einen Zettel hinlegen!«

Aber Patty wollte nur eines: in Ruhe gelassen werden. Sie wollte sich nicht andauernd zusammenreißen müssen. Wenn man allein ist, braucht man sich nichts vorzumachen, oder? Obwohl, manchmal tut man es natürlich doch – und was du dir selbst vorlügst, ist schlimmer als die Lügen, die du anderen erzählst. Wie kann das nur sein?

44

Sie hatten sich im Savoy einen Film angesehen – mit Untertiteln, die, wie Fay bald merkte, problemlos mitzulesen waren, während man die Schauspieler beobachtete. Nie hätte sie gedacht, dass es so einfach sein würde. Die Handlung war wirklich herzzerreißend, und sie musste sich richtig anstrengen, um nicht einfach loszuheulen, wobei sie dann nicht nur wie eine Idiotin ausgesehen, sondern auch ihr Augen-Make-up ruiniert hätte. Mittlerweile saßen sie in einem kleinen Restaurant in King's Cross, wo das Essen hervorragend schmeckte und Rudi offenbar eine ganze Menge der anderen Gäste bekannt waren: Wenn jemand kam oder ging, winkte er nach links oder verneigte sich nach rechts, je nachdem. Das Merkwürdigste an allem aber war, dass man sich mit Rudi furchtbar leicht unterhalten konnte, ohne das Geringste verbergen zu müssen.

»Dann war das also dein erster französischer Film? Mein Gott, ich sehe schon, ich bin gerade rechtzeitig gekommen. Wir werden sie uns alle ansehen – *Les Enfants, Les Jeux, La Règle, Le Jour* und so weiter. Das dauert ewig und wird uns kaum Zeit für andere Dinge lassen. Nun, eine Oper gibt es hier ja sowieso nicht und auch kein Theater, das der Rede wert wäre. Sobald das akademische Jahr beginnt, werde ich mir das Programm des Filmclubs der Universität besorgen, die bringen dauernd französische Filme, jedenfalls war das so in Melbourne. Da darf natürlich jeder rein, der Lust hat, warum auch nicht? Koste doch mal von dem Fleisch, das ist sehr gut hier.

Ja, ich war ein Bürokrat in Budapest – klingt gut, was? Ich sollte ein Lied daraus machen –, ein Statistiker. Soll ich dir erklären, was das ist? Hierzulande möchte ich vor allem Geld verdienen, was sonst? Ich bin nicht in den kapitalistischen Westen geflohen, um den Rest meines Lebens als Lohnabhängiger zu fristen. Jeder, der auch nur über halbwegs vernünftige Kenntnisse in Wirtschaftsstatistik und ein bisschen Phantasie verfügt, kann hier ein Vermögen verdienen, oder sogar mehrere. Meine Freunde tun es bereits, obwohl sie von Statistik keine Ahnung haben. Dieses Land hier, musst du wissen, ist unterentwickelt, und die Bevölkerung muss so schnell wie irgend möglich wachsen. Ich habe also vor, selber reich zu werden. Damit tue ich allen einen Gefallen. Sag mal, wen magst du eigentlich lieber – Brahms oder Beethoven? Oder ziehst du Tschaikowsky vor? Du bist dir nicht sicher? Gut, darum werde ich mich auch kümmern, wenn du gestattest. Du bist sehr musikalisch, sonst könntest du nicht so gut tanzen. Nein, das ist mein voller Ernst, es ist eine ernste Angelegenheit. Du liest also gerade *Anna Karenina*? Ach ja, Lisa hat dir das Buch geliehen. Bemerkenswert. Ein Glück, dass das Leben so lang ist, wenn natürlich auch nicht so lang wie die Kunst. Dir bleibt also viel Zeit, das Buch auszulesen und dich mit dem Rest der Literatur zu befassen. Für eine Tänzerin bist du ohnehin schon sehr belesen. Aber jetzt muss ich den Mund halten, weil du schon auf das Dessert wartest und ich noch nicht mit dem Hauptgericht fertig bin. Und während ich mich damit beschäftige, fängst du am besten an, mir deine Lebensgeschichte zu erzählen. Fang ganz vorne an! Wer war dein Vater?«

Und Fay fing an zu erzählen. Zum ersten Mal in ihrem Leben erzählte sie ihre Lebensgeschichte, die, wie sich bald herausstellte, eine recht traurige war, denn Fays Vater war, als seine Tochter elf und ihr älterer Bruder fünfzehn Jahre alt war, im Krieg gefallen, und dieses Unglück hatte seine Fortsetzung in einer Reihe schlechter Entscheidungen und misslungener Pläne ihrer zwar in bester Absicht handelnden, aber nicht sehr kompetenten Mutter gefunden …

Als Fay gerade berichtete, wie unvernünftig früh, nämlich schon an ihrem sechzehnten Geburtstag, sie die Schule verlassen hatte, unterbrach Rudi ihren Redefluss und bat den Ober um die Dessertkarte. »Du musst jetzt was richtig Gutes, Süßes essen«, sagte er. »Ich kann dir hier vor allem den Schokoladenpudding empfehlen, er ist phantastisch. Und bevor du zum nächsten Kapitel übergehst, muss ich erst einmal das bisher Gehörte verdauen. Ich wäre nie darauf gekommen, dass du eine solche Geschichte zu erzählen hast. Ihr Australier seid ein rätselhaftes Völkchen. Niemand käme auf die Idee, dass man in diesem Land auch leiden kann. Das ist dieser ständige Sonnenschein, der täuscht über alle Sorgen hinweg.«

Fay war froh, dass sie vorerst nicht weiterzuerzählen brauchte, denn sie stellte fest, dass ihre Geschichte sie auf eine eigenartige Weise selbst berührte. Ein- oder zweimal wären ihr fast die Tränen gekommen.

»Pass mal auf«, sagte Rudi, »ich will dir jetzt einen ungarischen Witz erzählen. Aber warte einen Moment, ich muss ihn erst übersetzen.«

Fay lachte so heftig, dass ihr – nun doch – die Tränen kamen. Wie entzückend sie ist, dachte Rudi, ein nettes, gesundes australisches Mädchen, wie bestellt, aber mit einer tragischen Geschichte. Was bin ich nur für ein Glückspilz! Doch plötzlich überkam ihn eine für ihn untypische Unsicherheit. Ob sie mich überhaupt mag?, fragte er sich. Ich muss vorsichtig sein. Er hoffte sehr, dass Fay ihn mochte, denn wenn sie es tat, dann hielt er es für gut möglich, sie eines Tages zu heiraten.

»Was möchtest du denn morgen Abend machen?«, fragte er sie. »Sollen wir sehen, ob irgendwo ein interessantes Konzert stattfindet? Ich sehe morgen früh mal im *Herald* nach und rufe dich am Nachmittag an. Ja, damit muss sich deine Hauswirtin jetzt abfinden – ich werde sie mit meinem mitteleuropäischen Charme besänftigen, keine Sorge. Bald wird sie gegen die Störung nichts mehr einzuwenden haben und meinen Anrufen mit Freude entgegenfiebern.«

Er ist so nett, dachte Fay. Ich habe gar nicht gewusst, dass Männer so nett sein können. Was, um alles in der Welt, sieht er nur in mir? Sie musste sich nicht einmal mehr bemühen, sondern wurde schlichtweg mitgerissen von Rudis Energie und Charme. Es war ein sensationell neues, ausgesprochen angenehmes Gefühl.

45

»Stefan, bitte sei jetzt ganz offen zu mir. Glaubst du, dass ich in diesem Kostüm zu dick wirke?«

Magda stand in höchst attraktiver Pose in der Schlafzimmertür, die eine Hand auf der wohlgerundeten Hüfte, die andere anmutig an den Türpfosten gelehnt. Sie trug einen zweiteiligen weißen Badeanzug, der mit dunkelroten Blumen bedruckt war.

»Nein, nein, nicht im Geringsten«, versicherte ihr Stefan, der, während Magda sich fertig machte, die Sonntagszeitungen las.

»Stefan, bitte, sei ernst«, sagte Magda, »sag mir deine ehrliche Meinung.«

»Das habe ich soeben getan«, erwiderte Stefan. »Ich war in meinem ganzen Leben noch nicht so ernst. Du bist nicht zu dick für diesen Badeanzug.«

»Nicht zu dick«, sagte Magda, »aber dick schon, oder?«

»Nein«, gab Stefan zurück, »überhaupt nicht dick.«

»Meinst du vielleicht plump?«, fragte Magda.

»Langsam wünsche ich, nie geboren worden zu sein«, sagte Stefan.

»Ja, ich weiß schon, was du sagen willst. Ich fühle mich genauso, wenn mir mein Ehemann nicht ehrlich seine Meinung sagt. Dabei ist das ja wirklich keine große Bitte.«

»Zum letzten Mal: Meine ehrliche Meinung ist die, dass dieses Badekostüm einschließlich der Person, die darin steckt, absolut perfekt aussieht. Und jetzt sei bitte so gut und pack deinen Kram zusammen, damit wir endlich gehen können. Wenn wir nicht in spätestens fünf Minuten aus dem Haus sind, drehe ich noch durch.«

Seufzend wandte Magda sich ab, und Stefan konnte hören, wie sie irgendwo herumraschelte. Als sie sich wieder blicken ließ, trug sie einen dunkelblauen Einteiler und darüber ein Strandkleid.

»So gefällst du mir fast so gut wie in dem anderen«, sagte Stefan.

Magda schnalzte mit der Zunge. »Ich wollte nicht, dass du durchdrehst.«

Sie stritten sich nun, ob sie lieber nach Bilgola oder nach Whale Beach gehen sollten, und entschieden sich, als sie den ersten Strand fast erreicht hatten, doch für den zweiten. Dann endlich hatten sie es sich mit ihren Handtüchern und Kissen, Büchern und Picknickkorb unter ihrem Sonnenschirm bequem gemacht und schafften es sogar noch, vor dem Mittagessen ins Wasser zu gehen. Nach dem Baden stritten sie sich nicht mehr. Der blaue Pazifik hatte wie üblich jegliche Gereiztheit fortgespült.

Sie aßen kaltes Hähnchen, als Magda sagte: »Ist dir was aufgefallen? Wir haben dieses Wochenende nichts von Rudi gehört. Ich frage mich, warum.«

»Na, dann ist er offenbar anderweitig beschäftigt«, sagte Stefan.

»Schon, schon – aber womit?«, fragte Magda.

»Um Gottes willen, woher soll ich das denn wissen? Da gibt es doch unzählige Möglichkeiten.«

»Das glaube ich eigentlich nicht«, sagte Magda. »Ich sehe nur eine.«

»Und die wäre?«, fragte Stefan ungläubig.

»Ja, hast du denn nicht gesehen, mit wem er die Party verlassen hat?«

»Nein, das habe ich nicht mitbekommen«, sagte Stefan. »Rudi verlässt Partys in der Regel in Begleitung eines Mädchens, normalerweise dem hübschesten, aber diesmal habe ich ihn nicht gehen sehen.«

»Ich schon«, sagte Magda. »Er ging mit Fay. Er hat sie nach Hause gebracht.«

»Das ist das Mindeste, was man von ihm erwarten durfte«, meinte Stefan, »nachdem du dir die Mühe gemacht hast, sie einzuladen, eine gesunde Australierin, nur um seinetwillen. Hat er nicht gesagt, er wolle so eine heiraten? Demnach scheint es mir absolut in Ordnung, dass er sie nach der Party mit nach Hause nimmt. Irgendwo muss er ja anfangen. Wenn ich mir das so überlege, sind sie inzwischen wahrscheinlich schon verheiratet, es ist ja fast eine Woche vergangen seitdem.«

»Nun bleib doch mal ernst!«, sagte Magda. »Wie kann man sich über eine solche Angelegenheit lustig machen? Wenn Rudi tatsächlich jetzt mit Fay zusammen ist, wenn er sie regelmäßig trifft, dann sollte ich es eigentlich wissen, meine ich. Ich fühle mich verantwortlich.«

»Das mag wohl sein!«, sagte Stefan. »Als du damals vorgeschlagen hast, Fay einzuladen, um Rudi einen Gefallen zu tun, dachte ich, du wolltest dir einen Spaß machen.«

»Einerseits ja, andererseits nein«, sagte Magda. »Ich meinte es, gewissermaßen, halb ernst. Aber inzwischen nicht mehr. Denn wenn Rudi jetzt mit Fay geht, dann wird die Sache mehr als nur halb ernst, und ich fühle mich dafür verantwortlich.«

»Warum solltest du dir Gedanken machen?«, sagte Stefan. »Sie ist schließlich erwachsen und kann auf sich selbst aufpassen.«

»Ich weiß nicht so recht«, erwiderte Magda. »Rudi ist so ein Schwerenöter, glaube ich. Sie ist ein naives australisches Mädchen und hat bisher zweifellos nur Erfahrung mit täppischen australischen Männern. Ich weiß nicht, ob sie mit einem wie Rudi umgehen kann.«

»Ach, was soll denn dieses Getue?«, erwiderte Stefan. »Er kann ihr doch nichts anhaben. Wahrscheinlich ist er ein sehr amüsanter Begleiter, und sie hat einen Riesenspaß mit ihm.«

»Solange er ihr nur nicht das Herz bricht«, sagte Magda. »Dann wäre es meine Schuld.«

»Nun dramatisiere das nicht so«, meinte Stefan. »Sie werden eine Menge Kinder haben, dich bitten, Patin zu sein, und sie werden dir ewig dafür dankbar sein, dass du sie zusammengebracht hast.«

»Lass die Witze, ich beschwöre dich!«, sagte Magda. »Du weißt doch genau, dass das nicht gut gehen kann. Rudi und Fay! Ich dachte, nun, er wird sich halt auf der Party mit seinem gesunden australischen Mädchen ein bisschen amüsieren – und sie tanzt ja auch sehr gut, hast du's gesehen? Sie erzählte mir, dass sie vorübergehend als Tänzerin gearbeitet hat, das ist alles. Rudis Gerede vom Heiraten habe ich doch gar nicht ernst genommen. Doch wenn er jetzt mit ihr ausgeht … Also, das hätte ich nicht erwartet. Was haben die beiden denn gemeinsam? Er wird ihr das Herz brechen, wart's nur ab.«

»Das ist doch vollkommen übertrieben!«, sagte Stefan. »Tatsache ist, dass beide zurzeit nicht wissen, was sie mit sich anfangen sollen und Spaß daran haben, miteinander auszugehen, das ist alles. He, ich bin schon fast so schlimm wie du. Wir wissen doch gar nicht, ob die zwei sich überhaupt treffen. Kann sein, dass Rudi sich momentan mit einer ganz anderen amüsiert.«

»Nein, er ist mit Fay zusammen, das spüre ich«, sagte Magda geheimnisvoll, »und ich hoffe nur, dass das Vergnügen nicht einseitig ist. Sie ist zwar Australierin, aber eben doch auch eine Frau, weißt du, und bei einer Frau geht es nie ausschließlich ums Vergnügen. Das Herz ist immer mit dabei – und kann daher auch gebrochen werden. Und in diesem Fall wäre es dann meine Schuld.«

»Ich glaube, du machst dir zu viele Gedanken, obwohl das Kind noch gar nicht in den Brunnen gefallen ist«, sagte Stefan. »Und jetzt komm mit ins Wasser, wir schwimmen noch eine Runde.«

»Ich hätte Magda und Stefan an diesem Wochenende anrufen sollen«, sagte Rudi. »Ich war so oft mit ihnen zusammen. Sie werden sich wundern, wenn sie so gar nichts von mir hören. Vielleicht tu ich's später noch.«

Er und Fay saßen auf einem großen Handtuch am Strand von Tamarama und aßen von Fay zubereitete Sandwiches: zwei mit Erdnussbutter und Sellerie und zwei mit Cheddar-Käse und Salat. Rudi war entzückt. »Das sind also australische Sandwiches?«, fragte er.

»Das nehme ich doch schwer an«, sagte Fay. »Sind europäische Sandwiches anders?«

»Ich mache uns in den nächsten Tagen mal welche«, sagte Rudi. »Dann wirst du den Unterschied sehen.« Er griff zum nächsten, kaute mit Bedacht, schmeckte das

Aroma des Landes. Danach gab es Obst, und als sie fertig waren, las Fay noch ein wenig in ihrem Buch, während Rudi seine Blicke umherschweifen ließ, die jungen Frauen taxierte und sich seine Gedanken machte über das Verhalten der Familien in ihrer näheren Umgebung.

Er war sich ziemlich sicher, dass im nächsten Kapitel von Fays Lebensgeschichte Einzelheiten vorkamen, die zu offenbaren sie sich schämen würde, denn wenn es hier ein Mädchen gab, das nach dem Code der Zeit und des Orts ein – wenn auch unabsichtlich – »gefallenes« Mädchen war, dann handelte es sich dabei höchstwahrscheinlich um Fay. Es kam jetzt darauf an, ihr diese Einzelheiten ebenso schnell wie schmerzlos zu entlocken, sie zu beruhigen und rasch zum Ende der Geschichte zu kommen, das dann nicht mehr lange auf sich warten lassen konnte. Nach einem leicht geschönten Diskurs über seine eigenen Amouren würde er danach endlich damit beginnen können, den Boden für einen möglichen Heiratsantrag vorzubereiten. Wie lange diese Dinge bloß dauerten!

»Ich habe mich übrigens für den Osten der Stadt entschieden«, bemerkte er. »Die North Shore ist ja sehr hübsch, aber zu weit ab vom Schuss. Außerdem ist auf dieser Seite mehr los, mehr Großstadt als Vorstadt, verstehst du? Ich werde mich also nächste Woche ernsthaft um eine Wohnung kümmern. Am liebsten wäre mir Bellevue Hill, aber das ist so teuer. Vielleicht probiere ich's in Rose Bay oder Vaucluse. Was hältst du davon?«

»Hübsch ist es dort überall«, sagte Fay und wunderte sich. Rudi sprach über die exklusivsten Viertel in Sydneys Osten. Aber er hatte ja bereits verkündet, dass er viel Geld verdienen wolle. Vielleicht fing er schon bald damit an. Ach, wie ängstlich sie war! Da saß sie mit einem außergewöhnlichen Mann zusammen, einem so freundlichen, verständnisvollen, lustigen Mann, und attraktiv war er auch und obendrein fest entschlossen, reich zu werden ... Was diesen Mann an ihr interessierte, war ihr vollkommen schleierhaft. Der springende Punkt war, dass er schon bald von Mr Marlow und Mr Green erfahren würde – sie war sich sicher, dass sie ihm diese Episoden nicht würde vorenthalten können. Und das wird's dann wohl gewesen sein, dachte sie, und unvermittelt mischte sich beißende Angst in das Glücksgefühl, das Rudis Aufmerksamkeiten in ihr erweckt hatten. Mein Leben ist ruiniert, dachte sie, legte das Buch beiseite und sah hinaus aufs Meer.

»Ich gäb was dafür, wenn ich wüsste, woran du jetzt denkst!«, sagte Rudi.

»Ach, nichts«, erwiderte Fay traurig.

»Heute Abend, beim Essen – wir gehen heute Abend doch zum Essen aus, wenn du nichts anderes vorhast, oder? Fein – beim Abendessen wirst du mir deine Geschichte zu Ende erzählen. Oder willst du es lieber jetzt schon tun?«

»Nein«, sagte Fay, »ich warte lieber bis heute Abend.« Es wird mir leichter fallen, wenn ich was dabei trinken kann, dachte sie.

»Und danach bin ich dran«, sagte Rudi. »Dann werde ich dir was über meine schändliche Vergangenheit erzählen. Und wenn du diese Geschichte gehört hast, wirst du wahrscheinlich nichts mehr von mir wissen wollen!«

Fay sah ihn unsicher an, dann lächelten sie einander an. Rudi beugte sich zu ihr und küsste sie auf die Wange, und plötzlich wusste Fay, dass sich alles schon irgendwie fügen würde.

»Und jetzt komm ins Wasser«, sagte Rudi, »wir schwimmen noch eine Runde.«

46

Patty öffnete die Augen. Der neue Tag hatte gerade begonnen, und schon waren die Erinnerungen da und die Verzweiflung. Am liebsten wäre sie ewig liegengeblieben. Aber das ging nicht; sie musste weitermachen. Immerhin war es wieder Montag und auf sie warteten klar umrissene Pflichten – nicht die grauenhafte Leere unausgefüllter Zeit. Sie setzte sich auf und stieg aus dem Bett, doch als ihre Füße den Boden berührten, überkam sie plötzlich eine furchtbare Übelkeit. Sie blieb aufrecht sitzen, bis der Anfall vorüber war. Dann erhob sie sich vorsichtig und ging ins Badezimmer.

Es gelang ihr, sich zu waschen und anzuziehen, doch kurz nachdem sie das Brot in den Toaster geschoben hatte, wurde ihr erneut schrecklich übel. Diesmal war die Attacke so heftig, dass sie es gerade noch ins Badezimmer schaffte, wo sie sich übergab. O Jesus, dachte sie, was ist nur mit mir los? Das darf doch gar nicht sein. Ich muss gestern in Manly was gegessen haben, das mir nicht bekommen ist. Diese Fleischpastete war es! Ich wusste doch, dass ich sie nicht hätte anrühren sollen.

Auch bei Goode's, wo um sie herum die zweite Schlussverkaufswoche tobte, fühlte sie sich noch ganz benommen. In der Mittagspause sollte ich mir die Badeanzüge ansehen, dachte sie. Vielleicht kaufe ich mir auch ein paar neue Kleider, wie Joy es mir immer einreden will. Mal richtig mein Geld verjubeln. Doch als die Mittagspause kam, fühlte sie sich so schwach und elend, dass sie sich nur noch in die Kantine schleppen konnte.

Fay begleitete sie diesmal nicht. »Ich ziehe mich um und sehe mir mal die Angebote an«, sagte sie strahlend. »Ich brauche ein paar neue Sachen!«

Nur zu, dachte Patty verbittert, bring das Heu ein, solange die Sonne scheint. Sie saß in der Kantine bei einer Tasse Tee und einem Salat-Sandwich, von dem sie nur einen einzigen Bissen heruntergebracht hatte. Ihr war so schlecht.

»Im Hungerstreik? Das ist ungesund!«, rief eine schrille Stimme, deren Besitzerin plötzlich auf dem Stuhl neben ihr Platz nahm.

»Ach Sie sind's, Paula«, sagte Patty matt.

»Na, wie macht sich das neue Negligé?«, fragte Paula mit einem leicht anzüglichen Grinsen.

Patty rang sich ein Lächeln ab. »Danke, gut«, sagte sie. »Es ist wirklich hübsch. Ich hätte mir zwei davon kaufen sollen.«

»Das habe ich Ihnen doch gleich gesagt«, sagte Paula. »Inzwischen ist es zu spät, sie sind alle weg. Aber in ungefähr vierzehn Tagen kommt neue Ware rein. Vielleicht schauen Sie dann ja mal wieder bei mir vorbei – möglich, dass etwas ebenso Schönes dabei ist.«

»Ja, ich komme mal vorbei«, sagte Patty. Sie war verzweifelt. Paulas Frage und das nachfolgende Gespräch brachten ihr ihre Lage und deren Vorgeschichte wieder schmerzlich ins Bewusstsein. Doch plötzlich durchfuhr es sie wie ein heller Blitz: Auf den Gedanken, dass zwischen der Nacht des schwarzen Nachthemds und Franks

Verschwinden eine Verbindung bestehen könnte, war sie bisher nicht gekommen.

Jetzt öffneten sich Tür und Tor für allerhand Spekulationen, doch Patty wusste nicht einmal, wo sie mit dem Spekulieren beginnen sollte. Nie zuvor hatte sie in diesen Kategorien denken müssen, noch wusste sie, wie man es tat. Sie wusste nur, dass eine Verbindung denkbar war und dass sie, wenn es ihr gelang, diese Verbindung herzustellen, möglicherweise etwas über den Grund für Franks Verschwinden erfahren würde. Doch Paula nahm ihr mit ihrem munteren Geplauder jede Gelegenheit zum Nachdenken. Dann war es auch schon wieder Zeit, zu den Cocktailkleidern zurückzukehren, und vor Patty dehnte sich die brennend heiße Öde eines langen Nachmittags.

Kurz nach fünfzehn Uhr bemerkte Lisa einen Mann mit wettergegerbtem Gesicht, der sich unschlüssig im Randbereich der Cocktailkleiderabteilung herumdrückte. Er fiel ihr aus drei guten Gründen auf. Erstens, weil man (außer Mr Ryder) auf dieser Etage überhaupt nur äußerst selten einen Mann zu sehen bekam; zweitens, weil solche Männer, die hier (außer Mr Ryder) aufkreuzten, eher Männer vom Typ Rudi waren und drittens, weil sie nie so aussahen wie jene seltsamen Zweibeiner, die während des großen Schaf- und Schererfestivals in der Umgebung des Hotels Australia zu beobachten waren. Ob ich ihn fragen soll, was er hier will, fragte sich Lisa. Er muss sich verlaufen haben.

In diesem Augenblick bemerkte auch Fay den Mann. »He, schau dir mal den an«, raunte sie Lisa zu. »Der kommt aber von weit her.«

Die beiden begannen zu kichern, was wiederum Miss

Jacobs alarmierte. »Meine Damen«, sagte sie, »sparen Sie sich Ihren Humor für den Feierabend auf! Ich weiß wirklich nicht, was es hier so Komisches gibt. Haben Sie nichts Besseres zu tun? Patty da drüben räumt die ganzen Kleider allein auf. Sehen Sie zu, ob Sie ihr nicht helfen können, wenn bei uns gerade nicht so viel los ist.«

Pflichtschuldig drehten sich die beiden Frauen um, doch weil in diesem Augenblick eine Kundin an die Kasse trat, blieb Fay am Ladentisch stehen, um das Geld in Empfang zu nehmen. Lisa ging auf die Stange zu, wo Patty gerade ein paar Kleider zurückhängte, die nach dem Anprobieren in der Kabine liegengeblieben waren. Genau in diesem Moment kam der Mann, den sie, neugierig wie sie war, die ganze Zeit über im Auge behalten hatte, auf sie zu. Seltsamerweise hatte er es anscheinend tatsächlich auf sie abgesehen. Vielleicht wollte er ein Kleid für seine Frau kaufen und suchte dafür ihren, Lisas, Rat. Als sie die Kleiderstange erreichte, drehte sich Patty, die bislang ihr und dem fremden Mann mit dem wettergegerbten Gesicht den Rücken zugewandt hatte, um.

Kaum erblickte Patty den Fremden, da brach sie auch schon zusammen. Lisa, der bereits aufgefallen war, dass die Kollegin furchtbar blass aussah, hörte den schrecklichen dumpfen Aufschlag und riss entsetzt die Augen auf. »Oh!«, rief sie. »Sie ist in Ohnmacht gefallen!« Der Schock war so stark, dass sie zu zittern begann. Was sollte sie tun? Vor ihr lag Patty in ihrem schwarzen Kleid ausgestreckt auf dem Boden, weiß wie ein Leintuch, und die Kleider, die sie über dem Arm getragen hatte, lagen kreuz und quer über und neben ihr. Vor allem aber stand dieses lächerliche Mannsbild gleich daneben, glotzte Patty an und rührte keinen Finger.

»Sie ist ohnmächtig«, sagte Lisa zu ihm. »Ich geh schnell und hole Hilfe.«

»Ich weiß«, sagte der Mann. »Sie ist meine Frau.«

Lisa starrte ihn an. Gott im Himmel, was geht hier vor?, dachte sie und sagte: »Ich hole sofort Miss Jacobs. Sie wird wissen, was zu tun ist.« Und sie holte Miss Jacobs. »Mrs Williams ist in Ohnmacht gefallen«, sagte sie.

Miss Jacobs schlug die Hände über dem Kopf zusammen. »Sagen Sie Mr Ryder Bescheid!«, rief sie. »Er soll sofort die Krankenschwester rufen.«

Dann rannte Miss Jacobs zum Ort des Geschehens, um nach ihrer Kollegin zu sehen. Jetzt erst bemerkte sie den Fremden. »Wenn Sie mich bitte entschuldigen würden«, sagte sie mit ebenso viel Würde wie Sarkasmus. »Ich muss mich um die Dame kümmern. Sie ist ohnmächtig geworden.«

»Ich weiß«, sagte Frank zum zweiten Mal. »Sie ist meine Frau.«

»Ach du meine Güte!«, sagte Miss Jacobs. »Nun, im Grunde ist das ein glücklicher Zufall, obwohl Sie hier eigentlich nichts zu suchen haben. Sie braucht jemanden, der sie nach Hause bringt. Unsere Krankenschwester ist bereits unterwegs. Hat sich Ihre Frau in letzter Zeit nicht wohlgefühlt?«

»Das kann ich nicht sagen«, entgegnete Frank. »Ich war nicht da.«

»Ach so«, sagte Miss Jacobs, »ich verstehe.« Sie spitzte den Mund.

Nun erschien Magda am Schauplatz wie ein Habicht

über einem Scheunenhof. Sie hatte den größten Teil der Szene aus der Entfernung mitbekommen. »Ich habe Riechsalz!«, rief sie. »Es gibt nichts Besseres!« Sie zückte ein kleines Arzneimittelfläschchen. Miss Jacobs hatte unterdessen die Cocktailkleider eingesammelt und aufgehängt und Pattys schwarzes Kleid so weit gelockert, wie es der Anstand zuließ. Jetzt legte sie Patty den Arm um die Schulter, zog sie hoch in eine halb sitzende Position, und Magda hielt ihr das Riechsalz unter die Nase. Patty öffnete die Augen und setzte sich mit einem Ruck auf.

Der erste Anblick, der sich ihrer wiederkehrenden Sehkraft bot, war Frank. Einen grauenhaften Augenblick lang starrte sie ihn an. Dann rief sie: »Zur Hölle mit dir!«

»Sie haben einen Schock erlitten«, sagte Miss Jacobs. »Seien Sie jetzt ganz still. Die Krankenschwester kommt gleich. Sie fühlen sich nicht ganz wohl.« Miss Jacobs wandte sich an Frank. »Warten Sie besser irgendwo, wo Sie nicht im Weg stehen, draußen an der Feuertreppe vielleicht. Wir holen Sie, wenn Patty nach Hause gebracht werden kann.«

»Sagen Sie ihm, er soll zur Hölle gehen«, sagte Patty.

»Pssst!«, zischte Miss Jacobs. »Immer mit der Ruhe!«

Jetzt endlich machte Frank den Mund auf. »In der Hölle war ich schon«, sagte er. »Bin gerade zurück. Aber ich hab meinen Schlüssel nicht dabei. Bin bloß vorbeigekommen, um mir von dir den Hausschlüssel zu holen, das ist alles.«

»O Gott!«, sagte Patty. »Mein Gott, das hätte ich wissen müssen.« Sie fing in dem Moment an zu weinen, als die Krankenschwester eintraf.

»Was geht hier vor?«, fragte diese. »Wo ist die Patientin?« Sie fühlte Pattys Puls und begann, ihr Fragen zu stellen. Frank verharrte vor der Tür, die zur Feuertreppe hinausführte. »Wenn Ihr Ehemann da ist, dann sollte er Sie jetzt am besten nach Hause bringen«, sagte die Krankenschwester und wandte sich an Patty: »Und denken Sie daran: Wenn es Ihnen heute Abend immer noch nicht besser geht, so gehen Sie zum Arzt.« Wieder an die anderen gerichtet, fuhr sie fort: »Jemand von Ihnen sollte sie in die Garderobe begleiten, wenn sie sich umzieht.«

Es war Lisa, die mit der unglücklichen Aufgabe betraut wurde. Als sie schließlich zu den Cocktailkleidern zurückkehrte, ging bereits alles wieder seinen gewohnten Gang. Miss Cartright hatte die Stellung gehalten und ihre Mitarbeiter angewiesen, sie bei Bedarf erneut zu holen, falls es während Mrs Williams' Abwesenheit Engpässe geben sollte. »Wenn sie Glück hat, ist sie morgen früh wieder da«, sagte sie. »Wahrscheinlich war es bloß die Hitze, und sie hat nichts Ordentliches zu Mittag gegessen. Ich sage es Ihnen ja immer wieder, meine Damen, aber einige von Ihnen wollen offenbar nicht hören: Essen Sie mittags anständig!« Sie rauschte davon, umweht von schwarzen und weißen Streifen. Das passt doch überhaupt nicht zu Mrs Williams, dachte sie. In Ohnmacht fallen, hier im zweiten Stock! Da stimmt doch was nicht. Aber so ist es im Schlussverkauf nun einmal. Ich sag's ja: Die Woche kann gar nicht früh genug zu Ende sein.

47

Patty Williams ist heute Nachmittag in Ohnmacht gefallen«, sagte Lisa.

»Um Himmels willen! Bei Goode's?«

»Ja, mitten in der Cocktailkleiderabteilung«, sagte Lisa. »Ihr Mann war auch dabei.«

»Ihr Mann?«, fragte Mrs Miles erstaunt. »Was hatte denn der da zu suchen?«

»Weiß ich nicht«, sagte Lisa. »Fay und ich mussten uns um die Kunden kümmern, als Miss Jacobs und die Krankenschwester bei Patty waren. Wir konnten daher nicht hören, worüber sie gesprochen haben. Ich weiß nur …« Und sie berichtete vom Ablauf der Ereignisse, soweit sie sie selbst miterlebt hatte.

»Das kommt mir alles schon sehr komisch vor«, sagte Mrs Miles. »Ich stelle mir vor, wie dieser Mann da plötzlich aufkreuzt – und da fällt sie in Ohnmacht. Meine Güte. Dass du mir nur aufpasst, dass dir das nicht passiert. Bekommst du eigentlich was in den Magen, wenn du deine Sandwiches hier liegen lässt? Bitte versprich es mir. Du siehst ja, was sonst passieren kann. In ihrem Alter sollte Mrs Williams das aber eigentlich besser wissen, die Arme. Ich frag mich nur, warum sie keine Kinder hat.«

»Du solltest mal ihren Mann sehen!«, rief Lisa.

»Also, Lesley, was weißt du denn schon von diesen Dingen?«, fragte ihre Mutter.

»Das ist wirklich ein totaler Langweiler«, sagte Lisa.

»Das sind viele Männer«, erwiderte Mrs Miles, »aber das hindert sie keineswegs daran, Väter zu werden.«

Nachdem das Thema »Väter« schon angesprochen war, lag es nahe, auch wieder auf Lisas Zukunft zu kommen – es ließ sich kaum vermeiden. Die Ablenkungen, die Weihnachten und Neujahr mit sich gebracht hatten, lagen hinter ihnen, und Lisas Schicksal stand kurz vor seiner Besiegelung: In den Samstagsausgaben des *Herald* und des *Telegraph* sollten die Examensnoten veröffentlicht werden, und das bedeutete, dass viele der Prüflinge bereits am Freitagabend zu den Redaktionsgebäuden pilgern und auf den eigens zu diesem Zweck ausgehängten Korrekturfahnen der Frühausgabe nachlesen würden, wie es ihnen ergangen war. Man hätte annehmen sollen, dass Lisas Vater, der ja viel früher Zugang zu den brisanten Informationen hatte, schon im Laufe des Tages seiner Familie Bescheid sagen würde, doch waren die Abiturnoten und das davon abhängige Karriereverbot ein derart sensibles Thema, dass die beiden Frauen in seiner Gegenwart nie darauf zu sprechen kamen. Lisas Vater selbst hatte von sich aus nie auch nur das geringste Interesse daran gezeigt.

»Ich nehme doch an, dass du am Freitagabend zum *Herald* gehen willst, um die Ergebnisse zu erfahren«, sagte Mrs Miles in nüchternem Ton.

»O ja, schon möglich«, stimmte Lisa ihr in einem ähnlich unbeteiligten Ton zu, »warum nicht?«

Mrs Miles fand nichts dabei, direkt auf die Frage anzuspielen, die jetzt natürlich im Raum stand. »Nehmen wir mal an, deine Ergebnisse sind so gut, dass dir das Stipendium einigermaßen sicher ist … In diesem Fall hielte ich es für angebracht, deinen Vater noch ein paar Tage schmoren zu lassen. Ich weiß, er hat es sich in den Kopf gesetzt, dich nicht auf die Universität gehen zu lassen, doch wie dem auch sei, die Idee, ihn schmoren zu lassen, ist, glaube ich, ganz vernünftig. Bevor du dich einschreiben musst, bleibt uns noch viel Zeit, ihn zu überreden.«

»Ja, wenn du meinst«, sagte Lisa unglücklich. Der Gedanke an eine Fortsetzung der Warterei und Ungewissheit war ihr schier unerträglich.

»Es dauert ohnehin noch ein paar Wochen, bis die Liste mit den Stipendiaten herauskommt«, fuhr Mrs Miles fort. »Lass ihn also nur schmoren. Du kannst warten.«

»Und wenn meine Noten nicht gut genug sind, brauche ich mir sowieso keine Gedanken zu machen«, sagte Lisa.

»Nein. Aber sie werden gut genug sein.« Tief in ihrem Innern wusste Mrs Miles, dass Lisa es schaffen würde. »Keine Angst, Lesley«, sagte sie. »Ich meine, Lisa. Es wird alles gut gehen, du wirst schon sehen. Achte du nur darauf, dass du ordentlich isst, vor allem in der Mittagspause. Damit du nicht in Ohnmacht fällst wie diese Mrs Williams. Wie hieß doch gleich das Zeug, das ich probieren und dir für deine Sandwiches kaufen soll? Du hast es bei Magda kennengelernt. Salami? Na, ich werde sehen, ob ich es auftreiben kann, irgendwo in Chatswood wird es doch wohl Salami geben. Ich kümmere mich gleich morgen darum. Salami. Warte, ich muss es mir aufschreiben, sonst vergesse ich es wieder.«

48

Mit dem Taxi fuhren sie heim nach Randwick. Sie saßen nebeneinander und schwiegen eisern. Dann holte Patty ihren Hausschlüssel heraus, und sie traten über die Schwelle. Frank folgte seiner Frau in die Küche und setzte sich unbeholfen auf einen Stuhl; sie füllte den elektrischen Wasserkocher und stellte ihn an. Während sie darauf wartete, dass das Wasser zu kochen begann, studierte sie angelegentlich das Bild auf dem Paket *Billy Tea* – ein Mann und ein Känguru, die eine Tasse Tee miteinander trinken. Die zwei passten besser zueinander als sie und Frank, das stand so gut wie fest. Der Gedanke war fast komisch, und Patty musste beinahe lachen über ihre eigene Situation.

»Wo warst du?«, fragte sie ganz ruhig.

»In Wagga«, sagte Frank.

Patty dachte einen Augenblick nach. »In Wagga?«, fragte sie dann zurück. »Wagga?«

»Bei Phil O'Connell«, sagte Frank. »Der hat doch früher bei Wonda gearbeitet. Kam dann zu Geld und hat den Pub in Wagga gekauft. Du erinnerst dich an ihn. Hat mich anfangs oft gebeten, zu ihm runterzukommen. Also bin ich zu ihm hin, um mir den Laden mal anzusehen, und hab ihm über die Feiertage ein bisschen geholfen. Gab 'ne Menge Extraarbeit.«

»Dass du mir vielleicht hättest Bescheid sagen können,

daran hast du nicht gedacht, was? Ich bin ja bloß deine Frau. Ich mach mir schon keine Gedanken, wenn du einfach abhaust. Mir ist das ja völlig egal, was passiert, oder? Ich muss mir auch nicht lauter Lügen ausdenken, damit dir in der Firma keiner auf die Schliche kommt, und dann zwei Wochen, in denen es mir hundeelend geht, allein zurechtkommen. Und dann tauchst du einfach so mir nichts, dir nichts bei Goode's auf. Ich weiß wirklich nicht, ob ich mich dort jemals wieder blicken lassen kann. Ich weiß nicht einmal, warum du jetzt wieder hier bist – wahrscheinlich sind dir die sauberen Hemden ausgegangen, oder? Auf jeden Fall kannst du dir deine Hemden von nun an selbst raussuchen. Mir reicht's, ein für alle Mal!« Sie brach in Tränen aus und rannte ins Schlafzimmer.

Frank folgte ihr, blieb aber dann unschlüssig in der Tür stehen. Das Gesicht ins Kopfkissen vergraben, lag Patty auf dem Bett und weinte. Endlich ging er zu ihr, ließ sich schwerfällig auf der Bettkante nieder und berührte ihre Schulter. »Tut mir leid«, sagte er. »An all das hab ich echt nicht gedacht.«

»Dann bist du ein Vollidiot!«, schrie Patty. »Ein Vollidiot und ein Egoist!«

»Ja, wahrscheinlich hast du recht«, sagte Frank, »das bin ich wohl gewesen.« Er überlegte eine Weile. »Ja, ich hätte daran denken müssen«, sagte er dann, »aber ich hatte so viele andere Dinge im Kopf.«

»Zum Beispiel?«, fragte Patty.

»Weiß nicht. Ich hatte irgendwie das Gefühl, dass du … nach dieser Nacht, weißt du … also ich dachte, dass du mich nicht wiedersehen wolltest. Eine Zeit lang wenigstens.«

»Du dachtest!«, rief Patty. »Du dachtest das, wie? Du lügst. Du bist derjenige, der mich nicht mehr sehen wollte, das kommt der Wahrheit näher!«

Und schon während sie diese Worte aussprach, wusste sie, dass es stimmte. Es war etwas, woran sie überhaupt nicht gedacht hatte, nicht einmal geahnt hatte sie es. Aber gerade jetzt, während Frank redete, war sie darauf gekommen.

Frank stierte auf den Boden, und Patty sah Scham und Verwirrung in seiner Miene. Sie empfand weder Zärtlichkeit noch Mitgefühl für ihn, nur eine Art Resignation. O Gott, dachte sie, Mama hatte recht: Männer sind Kinder, die nicht einmal sich selbst verstehen. Sie können es einfach nicht.

Plötzlich blickte Frank auf und sah sie an. »Ich mach das wieder gut«, sagte er. »Ich verspreche es.«

»Ach ja?«, sagte Patty. »Wir werden's ja sehen, nicht wahr?« Und auf einmal sah die Zukunft so aus wie schon seit vielen, vielen Jahren nicht mehr: interessant. Sie setzte sich auf. »Ich habe Hunger«, sagte sie. »Könntest du kurz um die Ecke gehen und uns *Fish and Chips* holen? Ich werde unterdessen Mama anrufen, sie macht sich große Sorgen um dich. Und beeil dich! Mir knurrt der Magen.«

49

Ehrlich, Joy, ich verstehe wirklich nicht, was daran so witzig ist. Patty muss ...«

»Oh, Dawn, um Gottes willen, kapierst du das denn nicht? Das ist doch das Witzigste, was ich seit Jahren gehört habe. Frank haut einfach ab, ohne ein Wort zu sagen – und kreuzt zwei Wochen später in der Cocktailkleiderabteilung bei Goode's wieder auf, weil er seinen Haustürschlüssel verloren hat. Das ist doch unbezahlbar! Wenn ich das Dave erzähle ...«

»Du brauchst daraus keine Komödie zu machen, Joy. Wenn es dir so ergangen wäre, würdest du auch nicht darüber lachen. Denkst du denn nie daran, was Patty alles durchgemacht hat?«

»Patty, dieses Dummchen! Nun, vielleicht hat sie ja aus der Geschichte was gelernt. Höchste Zeit, dass sie ein bisschen gescheiter wird. Ich hätte den Kerl nicht wieder zurückhaben wollen, um keinen Preis!«

»Du bist eben nicht Patty, wie oft soll ich dir das denn noch sagen? Ja, und was ich dich noch fragen wollte: Wie sah sie denn aus am Sonntag? Krank oder so was? Ich meine, in Ohnmacht fallen, das passt doch gar nicht zu ihr. Sie hat gesagt, dass sie heute nicht zur Arbeit geht, weil sie noch nicht wieder hundertprozentig auf der Höhe ist. Sie will zum Arzt gehen. Das klingt mir irgendwie nicht gut.«

»Ach, sie ist schon okay, zumindest am Sonntag war sie ganz die Alte. Hat nicht viel gesagt, nicht viel getan, saß mit uns am Strand und hat Zeitung gelesen. Sie wird schon wieder munterer werden, jetzt, wo Frank wieder da ist.«

»Kann ja sein, dass sie sich eine kleine Pause gönnt und eine Weile krankschreiben lässt. Dass sie sich ein bisschen ausruht. Sie hat eine schwere Zeit hinter sich und braucht Entspannung. Halt du bloß deine Zunge im Zaum, wenn du mit ihr sprichst. Sie hat nun mal nicht deine Art von Humor.«

»Das ist aber nicht mein Problem, oder? Vielleicht lernt sie's noch – wäre jedenfalls ratsam, wenn sie weiter mit Frank zusammenbleibt. O Gott, was für eine Geschichte! Hat seinen Schlüssel nicht mehr! Hoffentlich ist ihm sonst nichts abhandengekommen!«

»Ehrlich, Joy«, sagte Dawn. »Du bist echt schlimm!«

Miss Cartright huschte hinüber in die Cocktailkleiderabteilung. Nachdem sie mit fachkundigem Blick die noch verbliebenen Schlussverkaufsbestände auf den Stangen geprüft hatte, winkte sie Lisa zu sich.

»Wir haben gerade neue Nachrichten von Mrs Williams«, sagte sie. »Sie war gestern beim Arzt – mit dem Ergebnis, dass sie den Rest der Woche über sowie die gesamte nächste Woche ausfallen wird. Wie Ihnen ja bekannt ist, sollte dies eigentlich Ihre letzte Woche bei uns sein. Es wäre allerdings eine große Hilfe für uns, wenn Sie vielleicht noch die nächste dranhängen könnten, als Vertretung für Mrs Williams. Der Schlussverkauf geht diese Woche zwar, Gott sei Dank, zu Ende, aber durch die Auslieferung der neuen Ware gibt es auch nächste Woche noch viel zu tun. Sie werden arbeiten müssen wie eine Sklavin. Sind Sie dabei?«

»Oh!«, sagte Lisa, hocherfreut. »Natürlich!«

»Prächtig«, sagte Miss Cartright. »Das wäre dann geregelt. Wenn's in dieser Woche eng wird hier bei Ihnen, werde ich einspringen. Und jetzt spreche ich noch mit Miss Jacobs, damit wir alle wissen, woran wir sind.« Sie verschwand eilig.

Lisa konnte nicht bis zur Mittagspause warten. Sie rannte über den Teppichboden in Magdas rosa beleuchtete Grotte. »Magda!«, raunte sie ihr zu. »Ist es noch da?«

Magda verstand sie sofort. »Ja, es ist noch da.«

»Dann ist es jetzt verkauft«, sagte Lisa.

»Sehr schön. Ich leg es für dich beiseite.«

In der Mittagspause, nachdem sie sich umgezogen hatte, kam Lisa wieder.

»Ah, Mademoiselle Miles«, sagte Magda strahlend. »Sie kommen, um Ihr Kleid abzuholen, nicht wahr? Es liegt für Sie parat – soll ich es Ihnen einpacken, oder wollen Sie es vorher noch einmal anprobieren?«

»Ach Magda, ich kann es heute noch nicht mitnehmen. Ich habe kein Geld dabei. Das ganze Geld habe ich sowieso erst morgen in einer Woche beisammen – ich arbeite nämlich auch nächste Woche noch hier, als Vertretung von Patty Williams. Sie ist krank.«

»Ich verstehe«, sagte Magda. »Nun, normalerweise lassen wir uns hier auf solche Dinge nicht ein, aber bei einer so guten Kundin mache ich schon mal eine Ausnahme. Ich werde das Kleid bis nächste Woche in den Änderungsschrank legen. Und übrigens«, sie nahm *Lisette,* den knisternden, rotgepunkteten Jungmädchentraum, vom gepolsterten Bügel und schüttelte das Kleid aus, sodass sich die Rüschen kurz aufbauschten und seufzend wieder zusammensanken, »Miss Cartright war heute Morgen bei mir. Alle weißen Kleider, dieses hier und zwei andere, sind nochmals leicht heruntergesetzt worden. Mit dem Mitarbeiterrabatt kommt *Lisette* jetzt auf genau fünfunddreißig Pfund. Wir verschenken es praktisch.«

»Oh!«, rief Lisa. »Das ist ja absolut großartig!« In Gedanken zählte sie den Inhalt ihrer Sparbüchse: Wenn sie *Lisette* bezahlt hatte, blieb sogar noch ein bisschen Kleingeld übrig.

50

Jánosi?«, fragte Myra. »Wie schreibt man denn das?« Fay sagte es ihr.

»Nun ja, daran muss man sich erst gewöhnen. Aber er kann den Namen auch ändern, weißt du, das tun sogar ziemlich viele von denen.«

»Rudi bestimmt nicht«, sagte Fay. »Wenn man irgendetwas Ungewöhnliches an sich hat, stellt man es am besten ganz frech heraus, meint er.«

»Ach ja?«, sagte Myra. »Nun ja, das mag eine Möglichkeit sein. Vor allem, wenn man ein dickes Fell hat.«

»Rudi ist der sensibelste Mann, der mir je begegnet ist«, erwiderte Fay empört.

»Schon gut, reg dich nicht auf. Ich wollte dich nicht beleidigen. Ich dachte nur …« Sie brach ab und spähte mit wildem Blick ins Unbestimmte jenseits von Fays rechter Schulter.

Sie saßen im Repin's beim Eiskaffee. Danach war Fay mit Rudi verabredet, und Myra wollte in ihren Club gehen. Was ging in Myras Kopf vor? Es ließ sich nur schwer definieren und noch schwerer aussprechen. Sie war leicht schockiert, das war alles. Fay! Hingerissen von einem Ungarn mit einem unmöglichen Familiennamen, einem Mann, den Myra noch nicht einmal kennengelernt hatte und hinter dessen Motiven sie nichts Gutes vermutete. Was hatte er mit ihr vor? Mach bloß keinen Fehler, dachte sie, sonst gibt es Tränen! Die Einzige, die Fay vor der furchtbaren Katastrophe bewahren kann, bin ich. Aber wie soll man das einfältige Wesen noch retten, wenn sie kein kritisches Wort über diesen Rudi Jánosi hören will und ihre Augen vor blinder Verliebtheit strahlen? Lieber Gott, gib mir Kraft, dachte Myra. Was kann ich nur tun?

»Was denkst du gerade?«, wollte Fay wissen.

»Oh – eigentlich nichts«, sagte Myra. »Ich meine nur – nun, du kennst ihn ja noch nicht sehr lange und weißt im Grunde noch gar nichts von ihm. Ich will nicht, dass er dir wehtut.«

»Ich lasse mir lieber von Rudi wehtun als von den Typen, die mir bisher über den Weg gelaufen sind«, sagte Fay.

Myra war geneigt, dies als Beleidigung aufzufassen: Diese Typen waren ihre Typen. Andererseits war sie fair genug zu erkennen, was Fay damit sagen wollte, auch wenn sie nicht bereit war, es zuzugeben. »Bei einem Australier weißt du wenigstens, woran du bist«, sagte sie gereizt.

»Kann schon sein«, antwortete Fay, »aber was ist, wenn du das Ganze einfach satt hast? Bei einem Europäer hast du ganz neue Perspektiven.«

»Ja, aber du begibst dich auch in Gefahr«, erwiderte Myra. »Ich möchte nicht, dass man dir wehtut.« Das Gespräch bewegte sich im Kreis, es war hoffnungslos. Was war nur in diesen zehn kurzen Tagen mit Fay geschehen?

»Kann schon sein, dass es riskant ist. Aber das Leben ist nun einmal riskant.«

Mein Gott! Das Leben ist nun einmal riskant … Woher sie das wohl hatte?

»Du solltest dir mal ein paar von Rudis Geschichten anhören. Dann wüsstest du Bescheid. Wir leben hier doch in einem Kokon. Meint er. Wir wissen gar nicht, was wir für ein Glück haben.«

»Er weiß es offenbar«, sagte Myra.

»O ja«, sagte Fay. »Er weiß, welches Glück er hat. Er sagt das immer wieder.«

Myra wusste nicht mehr weiter; sie gab den Kampf auf. »Liebst du ihn?«, fragte sie.

»Ja«, sagte Fay. »Ich glaube schon.«

Sie lächelte. Bislang hatte sie sich das nicht einmal selbst einzugestehen gewagt. Als sie es jetzt aussprach, war ihr, als stieße sie eine schwere Tür auf, hinter der sich ein großer, sonniger Garten befand, in dem sie nun nach Belieben lustwandeln konnte.

»Aber bitte, verrate es niemandem«, sagte sie zu Myra. »Es bleibt vorerst unser Geheimnis, okay? Weil du meine beste Freundin bist.«

»Ist schon in Ordnung, Fay«, sagte Myra: O Gott, dachte sie dabei, ich hoffe, das nimmt kein schlechtes Ende für die Kleine. Sie hatte bisher so viel Pech. Bitte, lass den Kerl anständig sein, auch wenn er ein Europäer ist. Und sie drückte kräftig den Daumen jener Hand, die Fay nicht sehen konnte.

51

An diesem Morgen war es Lisa, der es nicht gut ging, denn es war der Morgen vor dem Abend, an dem sie erfahren sollte, wie gut oder wie schlecht ihre Abiturnoten ausgefallen waren. Bis dahin musste sie einen Arbeitstag bei Goode's und noch ein paar Stunden danach überstehen; sie hatte vor, ins Kino zu gehen, ehe sie, mit dem Schlimmsten rechnend, zum *Herald* oder zum *Telegraph* gehen und nachschauen konnte. Ihr Magen rebellierte schon jetzt.

»Ich bringe keinen Bissen herunter«, sagte sie zu ihrer Mutter, und diese verzichtete ausnahmsweise auf alle Ermahnungen.

Am späten Nachmittag war Mr Miles gerade an seinem Arbeitsplatz in der Setzerei eingetroffen, als einer seiner Kollegen zu ihm kam.

»He, Ed«, sagte er. »Hast du nicht eine Tochter, die vor Kurzem Abitur gemacht hat? Die Prüfungsergebnisse sind gerade fertig gesetzt. Sieh doch mal nach, und erlöse deine Kleine von ihrem Kummer.«

Ed Miles war missgelaunt. »Nee, nee«, sagte er. »Die soll ruhig noch schmoren. Sie war es, die unbedingt das Abitur machen wollte. Ich habe ihr von Anfang an gesagt, dass es reine Zeitverschwendung ist, aber sie und ihre Mutter wollten einfach nicht auf mich hören. Ich hab nicht die Zeit, mir Ergebnisse anzusehen. Ich hab zu arbeiten.«

»Ach, komm, Ed«, sagte der Kollege. »Sei doch kein Spielverderber. Das ist heute ein großer Tag für deine Tochter. In welcher Schule war sie denn?«

Mürrisch gab ihm Mr Miles die gewünschte Information. Fünf Minuten später kam der Kollege zurück. »He, Ed!«, sagte er. »Sie heißt doch Lesley, oder? Okay, dann hör dir das mal an.«

Er hielt einen Zettel in der Hand, und die Noten, die er nun vorlas, waren so eindrucksvoll, dass selbst Mr Miles begreifen musste, was hier geschehen war.

Am Ende entstand ein kurzes Schweigen, währenddessen Mr Miles scheinbar unbeteiligt alle Verrichtungen fortsetzte, die zu seinem normalen Arbeitsablauf gehörten. Dann endlich meldete er sich zu Wort.

»Das klingt ja ganz gut, nicht wahr?«, sagte er. »Danke.«

»Mensch, Ed«, erwiderte der Kollege, »du bist ja vielleicht abgebrüht. Das ist verdammt gut, sag ich dir! Das ist ein Grund zum Feiern!«

»Also ich feiere nicht. Ich habe zu arbeiten, und deshalb lass mich jetzt in Ruhe.«

»Du bist mir vielleicht einer!«, sagte der Kollege, entfernte sich und beglückte die anderen Mitglieder der Schicht mit der Geschichte von Eds Stoizismus angesichts der brillanten Leistung seiner Tochter.

Der Nachtredakteur kam herein und schlenderte auf Ed zu.

»Wie ich höre, hat sich Ihre Tochter in der Prüfung ganz famos geschlagen«, sagte er. »Herzlichen Glückwunsch! Eine phantastische Nachricht! Da wird sie wohl gleich im nächsten Trimester mit dem Studium an der Universität beginnen? Sie müssen doch stolz auf sie sein!«

»Das weiß ich nicht genau«, sagte Mr Miles. »Ich meine, das mit der Universität.«

»Aber das steht doch außer Frage!«, rief der Nachtredakteur. »So ein Kopf muss doch gefördert werden! Ihrer Tochter wird es dort prächtig gefallen. Und wenn sie ein Volontariat machen will, soll sie ruhig bei uns vorbeischauen, sagen Sie ihr das! Eine Eins mit Auszeichnung in Englisch – da muss sie ja schreiben können. Doch, doch, die Uni ist genau das Richtige. Meine beiden studieren jetzt auch und genießen das Leben in vollen Zügen. Richten Sie ihr einen schönen Gruß aus und sagen Sie ihr, dass sie in ihrem Alter gar nichts Besseres tun könnte!«

Er schlenderte wieder davon.

Ein Arbeitskollege nach dem anderen tauchte auf, schüttelte Mr Miles die Hand und gratulierte ihm. Am Ende hatte er es so satt, dass er ihrem nervtötenden Drängen nachgab und zu Hause anrief. Seine Tochter war natürlich nicht da, also sprach er mit seiner Frau.

»Ich dachte, ich erzähl dir kurz, wie Lesley in der Prüfung abgeschnitten hat«, sagte er. »Falls es dich interessiert. Ich hab die Ergebnisse.« Er las sie ihr vor.

Mrs Miles hielt die Luft an – dann brach sie in Tränen aus.

»Das ist der glücklichste Tag meines Lebens«, sagte sie. »Kannst du heute nicht ein bisschen früher heimkommen? Sie müsste bald hier sein.«

»Geht leider nicht«, sagte er. »Bis morgen. Ich muss jetzt wieder an die Arbeit.« Er legte auf.

Lisa überlegte, ob sie ihre Mutter anrufen sollte, doch vor den Telefonzellen bildete sich aus dem gleichen Grund bereits eine solche Schlange, dass sie sich dachte, wenn sie sich direkt auf den Heimweg machte, dauerte es auch nicht viel länger. Sie traf noch ein paar Schulkameradinnen, mit denen sie eine Weile herumalberte bevor sie sich Richtung Innenstadt und Wynyard Station aufmachten, wobei sie sich ihre Zukunft in den buntesten Farben ausmalten. Als sie den Bahnhof betraten, hatte diese bereits phantastische Züge angenommen und das Studentenleben so gut wie begonnen.

Mrs Miles rannte zur Tür, als sie Lisa aufsperren hörte. »Mama!«, rief sie, und ihre Augen strahlten.

»Ich … ich weiß es schon«, sagte Mrs Miles. »Dein Vater hat mich angerufen.«

»Oh«, machte Lisa. »Und was hat er gesagt?«

»Nicht viel«, bekannte Mrs Miles. »Aber das konnte man von ihm auch nicht erwarten. Er hat einen Schock erlitten, sonst hätte er nicht einmal angerufen. Lass ihn ruhig noch ein Weilchen schmoren. Morgen wirst du ihn ja sehen. Dräng ihn jetzt nicht – lass es ihn erst einmal richtig begreifen. Ach, Lesley, das ist der glücklichste Tag meines Lebens!«

»Meiner auch!«, sagte Lisa. »Bisher jedenfalls.«

Dann lachten sie, fielen einander in die Arme, fingen beide an zu weinen und schließlich auch noch zu tanzen. Danach bereitete Mrs Miles ihrer Tochter ein Glas heiße Milch, weil Lisa, gute Noten hin oder her, am nächsten Morgen aufstehen und zur Arbeit gehen musste, und das ging nicht ohne eine ordentliche Portion Schlaf.

52

Patty sank zurück auf das ungemachte Bett und streckte sich erschöpft aus. Dies war bereits der sechste Tag, an dem sie mit diesem Übelkeitsgefühl erwacht war. Wenig später hatte sie ins Bad laufen und sich übergeben müssen. Hinzu kam, dass ihre Periode nun schon seit zwei Wochen überfällig war. Der Gedanke, der sich daraus unweigerlich ergab, kam allerdings zu unerwartet und in Anbetracht der jüngsten Ereignisse auch vom Zeitpunkt her zu ungünstig, um ernsthaft in Erwägung gezogen zu werden. Aber wäre es nicht typisch, dass solche Dinge genau in solchen Momenten passieren, wo Frank – oh, Frank: Da war er schon.

Er stand in der Tür und wirkte zutiefst verlegen. Seit seiner Rückkehr schlich er auf Zehenspitzen um sie herum und trug eine von tiefem Entsetzen geprägte Übervorsicht zur Schau. Er ging wieder zur Arbeit. Sein Fehlen bei Wonda Tiles war mit einer erfundenen Krankheit mit eindrucksvollem lateinischen Namen entschuldigt worden.

»Du hast verdammt Schwein gehabt«, sagte Patty. »Ein anderer Arzt hätte dich die Suppe selber auslöffeln lassen.«

»Ich weiß«, sagte Frank. »Und ich weiß es auch zu schätzen, glaub mir.«

»Dann zeig das auch, das ist alles!«, sagte Patty. Sie

hatte noch lange nicht vor, die Schrauben wieder zu lockern. Wenn überhaupt je.

»Geht's dir wieder besser?«, fragte Frank auf der Schlafzimmerschwelle.

»Nein«, sagte Patty, »mir geht's beschissen.«

So war es auch.

»Möchtest du vielleicht eine Tasse Tee?«

»Ja«, sagte Patty. »Ich trink sie aber hier. Mir ist nicht nach Aufstehen zumute. Aber nicht zu stark, und mit Zucker!«

Sie lag auf dem Rücken und starrte an die Zimmerdecke. Nach einer Weile kam Frank zurück, in den Händen ein kleines Tablett mit dem Tee. Dieser Anblick war fast dazu angetan, ihr strenges Herz zu erweichen. Der arme Teufel bemühte sich wirklich. Er hatte ein kleines Deckchen gefunden, und darauf standen die Teekanne, ein Kännchen Milch und eine dazu passende Schale mit Zuckerstückchen – wo hatte er die nur gefunden? Und ganz hinten aus der Besteckschublade hatte er sogar die Zuckerzange hervorgekramt. Das Bild eines hübsch arrangierten Teetabletts aus der guten alten Zeit. Herr im Himmel! Patty setzte sich auf.

»Das ist sehr nett von dir«, sagte sie. »Daran könnte ich mich gewöhnen.« Sie nippte an ihrer Tasse.

»Als du beim Doktor warst«, begann Frank, »hast du ihm da auch erzählt, dass dir morgens immer so schlecht ist?«

»Kann sein«, sagte Patty. »Aber das geht eigentlich nur den Doktor und mich etwas an, nicht wahr?« Tatsache war, dass sie mit dem Arzt nicht darüber gesprochen hatte. Nach all dem, was sie in letzter Zeit durchgemacht und so tapfer ertragen hatte, war es kein Problem gewesen, ihn dazu zu bewegen, sie eine Zeit lang krankzuschreiben.

»Ja, aber was hat er denn gesagt?«

»Das geht dich gar nichts an«, erwiderte Patty.

»Und ob!«, rief Frank aus und stand unvermittelt auf, wobei er um ein Haar das Tablett mit dem Tee umgestoßen hätte. »Und ob mich das was angeht! Alles, was recht ist! Ich lebe mit dir unter einem Dach, und ich bin dein Ehemann, oder? Bisher hast du mich ja nicht hinausgeworfen. Ich weiß, dass ich nicht viel tauge. Ich weiß, dass ich dumm bin – oder wenigstens ziemlich dumm. Ich hatte keine gute Schulbildung. Für dich ist das selbstverständlich, schließlich bist du in einem ordentlichen Elternhaus aufgewachsen. Aber wie das bei unsereinem aussieht, davon hast du doch keine Ahnung. Ich tue mein Bestes, auch wenn's nicht so wahnsinnig berühmt ist. Ich habe gesagt, dass ich das, was ich getan habe, wieder gutmachen will, und das werde ich auch, aber ich sollte wenigstens wissen, was los ist. Seitdem ich wieder hier bin, ist dir jeden Morgen schlecht. Bist du schwanger?«

Patty war vollkommen verblüfft. Sie stellte die Teetasse ab. Das war die längste Rede, die Frank je gehalten hatte; sie konnte es kaum fassen. Und nun, da das Wort heraus war und der Gedanke Gestalt angenommen hatte, fühlte sie sich auf einmal schüchtern und gehemmt – und gleichzeitig überglücklich. Ja, es war durchaus möglich, auch wenn es, wie es schien, zum vollkommen falschen Zeitpunkt geschehen war. Und all diese Gefühle erinnerten seltsam an jene Nacht der Zügellosigkeit vor Franks sonderbarem Verschwinden. Sie spürte auf einmal, dass die geheime Welt, die sie damals betreten hatten, vielleicht doch nicht ein für allemal verloren, verborgen und verboten war. Sie blickte Frank in die Augen und erkannte dort einen flehenden, bestürzten Ausdruck, den sie noch nie an ihm gesehen und gewiss noch nie bei ihm verursacht hatte. Und plötzlich spürte sie, dass auch er sich an jene Nacht erinnerte und dass er es wagte, an diese Welt wortloser und unvorstellbarer Intimität, in die sie mehr oder minder zufällig hineingefallen waren, zurückzudenken, auch wenn er sich noch nicht offen dazu bekannte. So fremd war diese Welt gewesen, dass Frank sich danach vor lauter Schrecken in Luft aufgelöst hatte.

Frank setzte sich wieder zu ihr aufs Bett.

»Bitte, sag es mir«, sagte er. »Ich muss es wissen. Ich habe ein Recht darauf, meinst du nicht?«

»Doch«, sagte Patty, »ich glaube schon. Ehrlich gesagt, ich bin mir noch nicht ganz sicher. Kann sein, kann auch nicht sein. Und um hundertprozentige Gewissheit zu haben, ist es noch zu früh, das weiß ich. Aber wenn mir weiter morgens so übel ist, gehe ich in ein paar Wochen noch einmal zum Arzt, und dann wissen wir's genau. Mehr kann ich dir nicht sagen.«

Frank schwieg, und Patty sah, dass ihm Tränen in den Augen standen. Keiner von beiden sagte ein Wort.

Schließlich berührte sie seine Hand. »Fürs Erste bleibt es unser Geheimnis, okay? Erzähl es niemandem.«

»Einverstanden«, sagte Frank heiser. Dann nahm er ihre Teetasse, stellte sie auf das Tablett und dann das Tablett auf den Fußboden. Er legte sich neben sie und begann, sie zu streicheln, und plötzlich öffnete sich vor ihnen wieder riesengroß der Eingang zu der geheimen, wortlosen und unvorstellbaren Welt.

53

Magda lag hinter der Tür zur Personalgarderobe auf der Lauer.

»Lisa!«, rief sie. »Ich hoffe, du heißt auch Lesley, so wie deine Mutter dich am Telefon nannte. Meine liebe, junge Freundin, das ist ja ein wunderbarer Tag!« Und sie küsste sie überschwänglich auf beide Wangen und drückte ihr freudestrahlend beide Hände. »Deine Zukunft leuchtet jetzt wie das Licht der Sonne!«

In diesem Augenblick betrat Fay den Raum, sie war spät dran und hatte es eilig. Doch als sie Magdas Worte hörte, blieb sie stehen. »Was?«, fragte sie. »Hat Lisa sich verlobt?«

»Ach was!«, rief Magda. »In ihrem Alter? Gott bewahre! Hast du nicht die Zeitung gelesen? Sie hat ein hervorragendes Abitur abgelegt. *Mon Dieu!* Eine Eins mit Auszeichnung, viermal eine Zwei und eine Drei, damit man keine Angst bekommt vor ihrer Intelligenz – ein großartiges Mädchen! Stefan und ich waren schlichtweg hingerissen vor Freude – er lässt dich natürlich herzlich grüßen. Wir werden eine Dinnerparty für euch schmeißen, ihr jugendlichen Intelligenzbestien. Michael Foldes hat auch sehr gut abgeschnitten – hast du's gesehen? – und noch ein Mädchen aus unserer Bekanntschaft. Es wird also eine kleine Feier geben, nächstes Wochenende, wie ich hoffe. Über die Einzelheiten unterhalten wir uns später.«

»Wahnsinn!«, sagte Fay. »Mensch, Lisa, das ist toll. Herzlichen Glückwunsch, wirklich.«

Lisa wurde immer verlegener, weil nun auch die anderen alle auf sie aufmerksam wurden und auf sie einzureden begannen. »Das Abitur?« – »Alle Achtung!« – »Nicht schlecht!«

Sie war noch keine Minute an ihrem Arbeitsplatz bei den Cocktailkleidern, als auch schon Miss Cartright erschien, und kurz nach ihr ließ sich auch Mr Ryder blicken.

»Die Welt ist eine Auster«, sagte er. »Passen Sie auf, dass Sie sie nicht komplett verschlucken!«

Lisa lachte, war jedoch innerlich sehr nervös, weil sie die immer näher rückende Begegnung mit ihrem starrköpfigen Vater fürchtete. Sie befand sich in einem Schwebezustand zwischen Hochstimmung und Angst, der etwas Traumartiges an sich hatte. »Danke, danke, danke«, sagte sie immer wieder und hörte dabei nicht auf zu lächeln. Wie nett sie alle zu ihr waren! Endlich legte sich die allgemeine Aufregung, und Lisa suchte sich eine Beschäftigung, um nicht länger im Mittelpunkt zu stehen.

»Fay Baines erzählte mir gerade, dass Sie einen sehr guten Schulabschluss gemacht haben«, sagte Miss Jacobs in nüchternem Ton. »Stimmt das? Nun, das überrascht mich überhaupt nicht, und ich gehe eigentlich davon aus, dass es Sie selbst auch nicht überrascht hat. Sie sind ein kluges Mädchen, das war mir von Anfang an klar. Es ist auch ein Vergnügen, mit Ihnen zu arbeiten, und wenn Sie uns verlassen, werde ich es sehr bedauern. Sie werden studieren, nicht wahr? Selbstverständlich werden Sie das. Ein kluges Mädchen ist die Krone der Schöpfung, vergessen Sie das nie! Normalerweise gelten Männer als klug und Mädchen als dumm oder zumindest albern, was aber nur auf sehr wenige Mädchen wirklich zutrifft. Nur leider fügen sich die meisten dem Klischee oder tun so als ob. Also gehen Sie Ihren Weg, Lisa, und sorgen Sie dafür, dass sich diese Einstellung ändert. Es ist wahrscheinlich das Beste, was Sie tun können – Sie und alle anderen klugen Mädchen in dieser Stadt und sonst wo auf der Welt. So, aber jetzt sollten wir wohl besser an die Arbeit gehen und ein paar Cocktailkleider verkaufen, nicht wahr!«

Nach Dienstschluss wanderte Lisa eine Weile durch die fast leere Stadt. Die Nachmittagssonne lag wie ein Segen über den Straßen. Der Schwebezustand hielt noch immer an, und Lisa bummelte herum, weil sie nicht nach Hause kommen wollte, bevor ihr Vater aufgewacht war. Sie schlenderte gerade die George Street entlang, als ihr mit einem Male schlagartig klar wurde, dass sie eine wichtige Barriere in ihrem Leben überwunden hatte, eine Grenzlinie, die noch bedeutender war als all die anderen, die sie in jüngster Zeit überschritten hatte. Ein fremdes, seltsames Gefühl hatte sich ihrer bemächtigt. Aber in letzter Zeit, dachte sie, sind die fremden und seltsamen Gefühle fast schon zur Regel geworden. Das Ungewöhnliche wird zur Normalität. Ob das von nun an immer so weitergeht?

Als sie die Hintertür aufstieß, saßen ihre Eltern am Tisch. Ihr Vater erhob sich. »Lesley«, sagte er, »ich glaube, da ist ein Glückwunsch fällig. Auch von den Arbeitskollegen soll ich dir gratulieren. Der Nachtredakteur und alle anderen sind mir auf den Pelz gerückt. Ich weiß zwar nicht, was du mit Prüfungen und Auszeichnungen und Universitäten und so willst, noch dazu als Mädchen –

aber trotzdem: mein Glückwunsch. Du hast eine gute Leistung vollbracht.«

»Danke, Papa«, sagte Lisa.

»Und wie sehen deine Pläne aus?«, wollte ihr Vater wissen. »Du wirst von jetzt an deine eigenen Entscheidungen treffen müssen. Du bist schon fast erwachsen.«

»Du weißt doch, was ich vorhabe«, sagte Lisa. »Aber du hast gesagt, ich darf es nicht. Deshalb weiß ich noch nicht genau, was ich tun werde.«

»Ach ja«, sagte ihr Vater. »Ich glaube, du meinst die Uni. Nun denn, ich werde es mir überlegen. Das ist alles. Ich werde darüber nachdenken. Warten wir mal ab, ob du dieses Stipendium bekommst – wenn es nicht klappt, kannst du dir die Flausen ohnehin aus dem Kopf schlagen. Ich bezahle nämlich keine Studiengebühren für dich. Schlimm genug, dass ich dich die ganze Zeit dann noch durchfüttern muss. Ich werde also nachdenken, gründlich nachdenken – vorausgesetzt, du bekommst das Stipendium. Das ist beileibe noch kein Grund zum Feiern. Und eines sag ich dir jetzt schon: Sollte mir jemals zu Ohren kommen, dass du dich mit diesen Freigeistern abgibst, die da an der Uni herumlaufen, dann fliegst du sofort hier raus und ich will dich niemals wiedersehen. Hast du mich verstanden? Gut. Wenn du gehen solltest, dann kein Freigeist. Nicht ein einziger!«

Endlich gelang es Lisa, mit ihrer Mutter einen Blick zu wechseln. Verschwörerisch strahlten sie einander an. Dann klingelte das Telefon.

»Geh du ran, Lisa«, sagte Mrs Miles. »Das ist wahrscheinlich wieder dieser Michael Foldes, er hat dich ja schon mal angerufen.«

Als Lisa ein paar Minuten später zurückkam, fragte ihr Vater misstrauisch: »Was wollte der von dir?«

Mrs Miles tischte gerade einen kleinen Imbiss auf: Brot, Käse, Tomaten und ein Einmachglas mit sauren Gurken, dazu auch etwas Salami, die sie tatsächlich irgendwo aufgetrieben hatte.

»Ach, nichts«, sagte Lisa ganz ruhig. »Er wollte nur wissen, ob ich heute Abend schon etwas vorhabe.«

»Natürlich hast du was vor!«, sagte ihr Vater. »Wir gehen doch heute Abend aus und feiern! Ein schickes Essen in King's Cross oder so was.«

»Ja, das habe ich ihm auch gesagt«, erwiderte Lisa. »Und dann hat er mich gefragt, ob ich ihn am Samstag in einer Woche zu einem Ball begleiten will.«

»Zu einem Ball?«, fragte ihre Mutter. »Wo denn?«

»Im Yachtclub«, antwortete Lisa, kühl bis ans Herz. »Die Eltern einiger seiner Schulkameraden haben das organisiert. Eine Abiturfeier. Wenn jemand durchgefallen wäre, hätten sie sie abgesagt, aber es ist keiner durchgefallen. Also wird gefeiert. Darf ich hin?«

»Ja, natürlich«, sagte ihre erstaunte Mutter. »Aber was willst du denn anziehen?« Eine stille Verzweiflung überkam sie: ein Kleid für einen solchen Anlass – o weh!

»Kein Problem«, sagte Lisa. »Bei Goode's gibt es ein Kleid im Schlussverkauf, das ist genau richtig. Ich kaufe es mir.«

»Und was noch alles?«, fragte ihr Vater. »Wer ist dieser Bursche überhaupt? Kenne ich ihn?«

Frau und Tochter beruhigten Mr Miles, den unvermittelt eine tiefe Traurigkeit überkam. Lesley war immer da gewesen, ein Kind, wenn auch nicht der Sohn, den er sich gewünscht hatte, und jetzt auf einmal verschwand sie in die Welt hinaus. Plötzlich war alles vorbei, und er hatte es kaum mitbekommen, so schnell war es gegangen. »Na, meinetwegen, amüsier dich, solange du kannst«, sagte er. »Und was ist das?« Er nahm eine Scheibe Salami auf.

»Das ist Salami«, sagte Mrs Miles. »Die habe ich für Lesley gekauft.«

»Mit dir kommt man gar nicht mehr mit, Lesley«, sagte Mr Miles und dachte bei sich: Genau das ist es. Sie wird sogar richtig hübsch. Nimmt Form an. Ganz eine junge Dame. Das war vielleicht ein Tag.

»Salami, wie?« Er kostete. »Da kann man sich ja fast dran gewöhnen. Habt ihr noch ein Stück? Mmmh, nicht schlecht. Woraus ist die denn gemacht?«

54

Am Samstag stand Fay kurz nach Dienstschluss vor dem Personaleingang und wartete auf Rudi. Er wollte so lange ums Karree fahren, bis er sie erwischte. Angestrengt hielt sie Ausschau nach einem Wolesley älterer Bauart. Und da war er auch schon. Fay lief zur Bordsteinkante, Rudi öffnete die Beifahrertür, und sie schlüpfte hinein.

»Jetzt aber nichts wie weg!«, rief er. Er wirkte zufrieden mit sich selbst, aber nicht auf unangenehme Weise.

»Wohin fahren wir denn?«, wollte Fay wissen.

»Das ist eine Überraschung!«, rief Rudi. »Wenn du Hunger hast, iss die belegten Brote hier. Für ein Mittagessen fehlt uns jetzt die Zeit.«

»Gib mir doch wenigstens einen Tipp«, bat Fay. Sie hatte nicht die geringste Ahnung, was er mit ihr vorhatte.

»Hier ist ein Tipp«, sagte Rudi und bog links ab. Kurze Zeit später fuhren sie die William Street entlang und erreichten schließlich die New South Head Road.

»Oh!«, sagte Fay. »Ich hab's! Du hast eine Wohnung gefunden!« Neben ihr glitzerte das Wasser der Rushcutter's Bay, eine der unzähligen Buchten von Sydney Harbour.

»So ist es«, bestätigte Rudi. »Ich glaube, ich habe etwas Passables entdeckt. Aber ich brauche deinen Rat als Expertin.«

»Meinen Rat?«, fragte Fay. »Als Expertin?«

»Ganz genau. Und nun pass auf.«

Sie fuhren jetzt durch Double Bay, und Fay blickte auf das spiegelnde Wasser hinaus. Point Piper zog vorbei. Nach einer Weile bog Rudi von der New South Head Road rechter Hand in eine Seitenstraße ab und hielt vor einem Mehrfamilienhaus aus der Vorkriegszeit an.

»So, da wären wir«, sagte Rudi. Er ging voran und stieg die Treppen hinauf bis ins Obergeschoss im dritten Stock. Dort zog er einen Schlüssel aus der Tasche und öffnete die Tür.

Die Wohnung war leer bis auf die Tapeten und einen Gasofen. Es war ein altes Modell, auf dessen Klappe das Bild eines Kookaburras prangte. »Der gab für mich den Ausschlag«, sagte Rudi und deutete auf den Vogel.

»Genau den Gleichen hatten wir zu Hause!«, rief Fay.

»Habe ich nicht gesagt, dass du Expertin bist«, sagte Rudi. »Komm, sieh dir auch den Rest an.«

Es gab ein Wohnzimmer, von dem aus man gerade noch ein Stück von der Hafenbucht erkennen konnte, und zwei eher kleine Schlafzimmer. Das Bad war mit grün gesprenkelten Kacheln ausgelegt. Sie gingen zurück ins Wohnzimmer und blickten aus dem Fenster.

»Siehst du?«, sagte Rudi. »Von hier aus könnten wir die Flugboote starten und landen sehen.«

Fays Herz schlug ihr bis zum Hals. Wir?

»Ja«, sagte sie. »Eine wunderschöne Aussicht.« Sie wagte nicht zu fragen, wie teuer die Wohnung war, nein, sie wagte überhaupt keine Frage mehr zu stellen.

»Wäre auch sehr gut für den Wintergarten geeignet«, sagte Rudi, »von diversen anderen Annehmlichkeiten ganz zu schweigen. Was hältst du von der Wohnung?«

»Also mir gefällt sie sehr gut«, sagte Fay, »aber es kommt darauf an, was du von ihr hältst, schließlich wäre es deine Wohnung. Was hältst du von ihr?«

»Also ich glaube … Hör mal: Willst du mich heiraten?«

»Was will ich?« Fay traute ihren Ohren nicht.

Was bin ich doch für ein Idiot, dachte Rudi. Die Frage war so nicht vorgesehen gewesen, sondern ihm um einiges vor dem geplanten Zeitpunkt herausgerutscht. »Verzeih mir«, sagte er. »Ich habe dich erschreckt. Ich habe sogar mich selber erschreckt. Aber lass mich – noch einmal ganz am Anfang anfangen. Ich liebe dich. Ich bete dich an. Du bist entzückend. Wenn ich dich sehe, bin ich glücklich. Ich möchte, dass wir so bald wie möglich heiraten – falls du mich haben willst. Bitte antworte mir, aber lass dir Zeit damit, solange du willst, ich gebe dir mindestens fünf Minuten. Soll ich dich allein lassen, während du nachdenkst?«

»Nein, lass mich nicht allein«, sagte Fay. »Die Antwort ist Ja.«

»Gott sei Dank!«, sagte Rudi. »Wir werden reich werden und viele, viele Kinder haben, mindestens vier, wenn du damit einverstanden bist.«

»Aber ja doch«, sagte Fay. »Ich liebe Kinder. Und Geld ist auch nicht schlecht – wenn man's hat.«

»Sehr gut«, sagte Rudi, »und jetzt …« Er nahm sie in die Arme. Sie hatten sich schon ein paarmal geküsst, aber immer sehr sittsam und behutsam und ohne sich auch nur ein einziges Mal den Grenzen zügelloser Leidenschaft zu nähern. Jetzt küssten sie sich in einer Art und Weise, die vermuten ließ, dass die Zeiten von Sittsamkeit und Behutsamkeit vorüber waren, und so war es auch.

Stefan kam ins Badezimmer, wo Magda sich gerade die Haare wusch. »Eben hat Rudi angerufen«, sagte er.

»Ach ja?«

»Er hat mich gebeten, ihm fünfzig Pfund zu leihen«, sagte Stefan.

»Wieso denn das?«, fragte Magda sehr verwundert.

»Er möchte einen Diamantring kaufen«, bemerkte Stefan wie nebenbei. »Oder einen Saphir.«

Magda richtete sich auf, die Haare voll mit schäumendem Shampoo. »Was erzählst du da? Was will er denn damit? Handelt er jetzt mit Schmuck?«

»Das glaube ich nicht«, sagte Stefan, »obwohl ich ihm das auch noch zutrauen würde. Nein, fürs Erste möchte er nur einen Verlobungsring kaufen. Für Fay.«

»Was?«, rief Magda. »Einen Verlobungsring? Für Fay? Was bildet der sich denn ein?«

»Er bildet sich gar nichts ein. Er handelt. Er und Fay sind verlobt und wollen heiraten.«

»Das ist doch absurd«, sagte Magda. »Wart, ich will mir nur schnell die Haare ausspülen.« Sie tat es und wickelte sich dann ein Handtuch um den Kopf. »Schenk mir einen Whisky ein«, sagte sie.

Sie gingen ins Wohnzimmer und setzten sich, ihre Drinks in der Hand. Die Sonne stand knapp über dem Flaggenmast. Es war bereits nach fünf.

»Wie ich dich kenne, hast du ja gesagt«, begann Magda. »Du leihst ihm das Geld.«

»Selbstverständlich«, sagte Stefan. »Wieso sollte ich ihm einen Strich durch die Rechnung machen? Fay ist ein nettes, gesundes australisches Mädchen.«

»Genau«, sagte Magda. »Die ganze Angelegenheit ist

total absurd. Wie sollen die beiden jemals miteinander glücklich werden? Sie haben doch überhaupt nichts gemeinsam.«

»Als ob das eine Voraussetzung für eine glückliche Ehe wäre!«, sagte Stefan. »Du redest wie eine Frauenzeitschrift. Tatsache ist, dass sie jetzt zusammen glücklich sind. Das ist der einzig mögliche Anfang. Wie es damit weitergeht, darum müssen sie sich selber kümmern.«

Oder auch nicht, je nachdem, dachte Magda. »Wenigstens hat er nicht nur mit ihr gespielt«, sagte sie, »und wenigstens hat er ihr nicht das Herz gebrochen, wie ich befürchtet hatte. Kann aber sein, dass er es noch tun wird.«

»Ach, komm schon«, sagte Stefan. »Nach meiner Überzeugung ist er zu stolz, um dergleichen geschehen zu lassen. Er wird ein sehr aufmerksamer Ehemann sein, du wirst schon sehen. Beide wollen viele Kinder – und die werden sie auf Trab halten. Das alles werden sie gemeinsam haben, und das wird reichen. Du wirst es sehen.«

Magda dachte nach. »Kann schon sein«, sagte sie. »Weiß der Teufel! Hauptsache, man macht mir später keine Vorwürfe.«

»Dir?«, sagte Stefan. »Weil du sie zusammengebracht hast? Das ist doch idiotisch. Die beiden sind doch selbstständige Menschen. Wir können ihnen nur alles Gute wünschen. Und Rudi fünfzig Pfund leihen. Übrigens hat er eine Wohnung gefunden – in Rose Bay. Deshalb ist er auch gerade knapp bei Kasse: Er hat eine hohe Kaution zahlen müssen.«

»Wann werden sie denn heiraten?«, fragte Magda.

»Schon sehr bald. Sobald die Formalitäten erledigt sind, auf dem Standesamt wahrscheinlich.«

»Na gut«, sagte Magda. »Ich wünsche ihnen alles Gute. Von ganzem Herzen. Aber es ist immer noch eine Art Schock für mich.«

»Ja, ja«, sagte Stefan. »Freunde können einen manchmal ganz schön schockieren. Das gehört zu ihren hervorstechendsten Eigenschaften.«

Plötzlich hatte Magda eine Idee. »Nächsten Samstag haben wir doch die jungen Leute bei uns zum Abendessen«, sagte sie. »Unsere Examensfeier für sie. Wir könnten sie um eine Verlobungsfeier erweitern – was hältst du davon?«

»Ja, warum nicht?«, sagte Stefan. »Eine nette, laute Dinnerparty ist immer eine gute Idee, vor allem, wenn man unter einem Schock leidet. Wir werden ein Schwein schlachten!«

»Und wir bestellen eine Eistorte!«, sagte Magda. »Mit allen Namen darauf!«

»Unseren natürlich auch«, sagte Stefan.

»Aber sicher! Unseren auch!«

55

Meine allerbesten Wünsche«, sagte Miss Cartright.

»Ich darf Ihnen beiden alles Gute und viel Glück wünschen«, sagte Mr Ryder.

Fay lächelte begeistert. Sie streckte die linke Hand aus, um die übliche Inspektion zu ermöglichen.

»Wunderschön«, sagte Miss Cartright. »Ein Saphir. Wunderschön!«

»Ein sehr hübsches Glitzerding«, sagte Mr Ryder.

»Also, ich hätte ja nie geglaubt …«, sagte Miss Jacobs. »Eine Blitzverlobung mit einem Ungarn. Ich hätte ja nie geglaubt … Ich hoffe, Sie werden sehr glücklich miteinander sein.«

Lisa betrachtete den Ring. Dann sah sie Fay an. Wie unglaublich das noch alles war! Selbst ich kenne Rudi schon länger als Fay, dachte sie. Das Leben der Erwachsenen war voller Rätsel. Sie wusste nicht, ob sie wirklich alles begriff, was dahintersteckte. Dass Rudi und Fay sich so Hals über Kopf verlobten und in Kürze sogar heiraten wollten – nun, das war ein Ereignis, dessen Vorgeschichte sie nicht einmal zu erahnen vermochte. Das Ganze dem machtvollen Wirken der Liebe zuzuschreiben, erklärte gar nichts. Aber es war geschehen, und Fay sah nun wirklich überglücklich aus.

Es war Donnerstag und damit Zahltag. Die Verlobungsanzeige war in der Morgenzeitung auf der Familienseite erschienen. Mrs Miles entdeckte sie am Frühstückstisch.

»Fay Baines«, sagte sie. »Arbeitest du nicht mit einer Fay Baines zusammen, Lisa?« Sie machte große Fortschritte beim Wechsel von Lesley zu Lisa. So verblüfft war Lisa von der Vorstellung von Rudi und Fay als verlobtem Paar, dass sie vergaß, den Inhalt ihrer Sparbüchse mitzunehmen. Folglich konnte sie *Lisette* erst einen Tag später in Empfang nehmen. Als sie am Donnerstagabend mit der Lohntüte nach Hause kam, holte sie ihre Sparbüchse und zählte, auf dem Bett sitzend, ihre Barschaft. Genau sechsunddreißig Pfund und fünfzehn Shilling nahm sie heraus und steckte sie in einen Umschlag. Morgen würde *Lisette* ihr gehören.

Am Freitagmorgen lauerte Fay ihr in der Personalgarderobe auf. »Ach, Lisa, ich habe hier etwas für dich«, sagte sie. »Von Rudi.«

»Von Rudi?«, fragte das verdutzte Mädchen.

»Ja. Er möchte sich dafür entschuldigen, dass er dir nicht schon früher zu deinem tollen Abitur gratuliert hat, aber er hofft wegen der besonderen Umstände auf dein Verständnis und deine Vergebung. Wir sehen dich doch am Samstagabend bei Magda, nicht wahr? Rudi bat mich, dir das hier zu geben – zum Feiern, für deine guten Noten.«

Sie reichte ihr ein Päckchen, das Lisa unverzüglich öffnete. Es war eine große, Teure, mit rosa Band verschnürte Pralinenschachtel.

Lisa hielt die Luft an. »Oh, bitte, sag ihm, dass ich ihm vielmals danke. Noch nie hat mir jemand Pralinen geschenkt! Die sind ja wunderbar. Magst du eine?«

»Nein, danke«, sagte Fay. »Das ist noch ein bisschen zu früh am Tag für mich.« Sie lachten beide.

»Das ist furchtbar nett von ihm«, sagte Lisa, »damit hätte ich nun wirklich nicht gerechnet.«

»Ja, er ist nett«, sagte Fay. »Furchtbar nett, wirklich, der netteste Mann, der mir je begegnet ist.« Sie lächelte, erst glücklich, dann eher verlegen.

»Das ist doch wunderbar«, sagte Lisa. »Ich freue mich so für euch.«

»Danke«, sagte Fay, »aber jetzt sehen wir besser zu, dass wir zu unseren Cocktailkleidern kommen.«

»Mein vorletzter Morgen bei Goode's«, sagte Lisa.

»Mein zweiunddreißigletzter – oder so ähnlich«, sagte Fay, und wieder mussten die beiden lachen.

»Das Ende einer Ära«, sagte Lisa.

»Ja, da hast du recht. Ich frage mich nur, was mit Patty Williams los ist.«

»Vielleicht ist sie schwanger«, sagte Lisa. »Wäre das nicht eine Möglichkeit?«

»Mmmh – das wäre schon denkbar. Sie hat lange genug darauf gewartet.« Ich brauche hoffentlich nicht so lange zu warten, dachte sie, ohne auch nur einen Augenblick ernsthaft in Erwägung zu ziehen, dass es tatsächlich so sein könnte.

Miss Cartright machte eine halbe Stunde früher Schluss, weil sie einen Termin beim Zahnarzt hatte. Auf dem Weg hinaus traf sie Mr Ryder.

»Es wird Ihnen nicht entgangen sein«, sagte sie zu ihm, »dass wir bei den Cocktailkleidern die halbe Belegschaft verlieren. Miss Baines hat uns gekündigt; sie verlässt uns in einem Monat – nicht gerade eine lange Verlobungszeit. Und ich habe das komische Gefühl, dass wir auch von Mrs Williams nicht mehr allzu viel zu sehen bekommen. Warum, kann ich nicht sagen.«

»Nun denn, meine Liebe«, sagte Mr Ryder, »Veränderung ist ein Gesetz des Lebens.«

»Wie dem auch sei«, erwiderte Miss Cartright, »ich werde mich gleich morgen mit der Personalabteilung in Verbindung setzen. Wir brauchen ab sofort eine neue Kraft in fester Anstellung und möglicherweise schon bald eine zweite.«

Mr Ryder ließ den Blick über sein Reich schweifen. Handel und Wandel! Ein wunderbares Spektakel. Alles Menschliche ist hier versammelt, dachte er. Sie kommen und sie gehen. Nur ein Faktor bleibt unveränderlich, und das ist Miss Jacobs, die Gute. Wie erstaunlich – aber, na bitte!

Gegen halb sechs war er vollends philosophisch geworden. Er machte sich gehfertig und schritt langsam die Feuertreppe hinunter. Ein paar Angestellte, die aufgehalten worden waren und es eilig hatten, überholten ihn. Das Gebäude war nun praktisch leer und würde in einer Minute für die Nacht geschlossen und verriegelt werden. Er entschied, an diesem Abend die Elizabeth Street entlangzugehen; dort war es ruhiger. Kurz vor der King Street fiel ihm in einiger Entfernung vor ihm eine vertraute, schlanke Gestalt auf. Aha, sagte er zu sich selbst, die junge Lisa! Wie sehr sie doch gereift ist in den sechs oder sieben Wochen hier bei uns! Als sie kam, war sie ein mageres, zartes Kind – und jetzt? Eine schlanke junge Dame mit beachtlichen Examensergebnissen. Er beobachtete sie. Ihr Gang wirkte ausgeglichen, gelassen. Sie trug eine große Kleiderschachtel unter dem Arm, wie sie in der Modellkleiderabteilung verwendet wurden: dunkelblau, mit einem diskreten gelben Etikett mitten auf dem Deckel. Mein Gott, dachte er, diese jungen Damen lernen schnell. Arbeiten fünf Minuten lang bei Magda und kaufen sich schon Modellkleider. Na, dann nur zu … Muss ihren gesamten Lohn darauf verschwendet haben. Gleich wieder in die Firmenkasse damit! In der anderen Hand trägt sie eine kleinere, mit rosa Schmuckband verschnürte Schachtel. Pralinen? Wüsste nicht, was es sonst sein sollte. Nun denn. Ein junges Mädchen. Ein neues Kleid. Pralinen. Genau so sollte es sein!

Madeleine St John

Madeleine St John, geboren 1941 in Sydney, zog nach ihrem Kunststudium an der University of Sydney erst in die USA und später nach Großbritannien, wo sie sich 1968 in London niederließ. Sie hielt sich mit verschiedenen Gelegenheitsjobs über Wasser, arbeitete in Buchhandlungen, Büros und einem Antiquitätengeschäft. Erst 1993 veröffentlichte sie ihren ersten Roman Ein Sommer in Sydney: ein überwältigender Erfolg und St Johns einziges Buch, das in ihrer Heimat Australien spielt. Mit ihrem dritten Roman The Essence of a Thing schaffte sie es als erste australische Autorin auf die Shortlist des Booker Prize for Fiction. St John starb 2006 in London.